马丁的
机器人超市

汪洁洋 著

中国出版集团 | 全国百佳图书
中国民主法制出版社 | 出版单位

图书在版编目（CIP）数据

马丁的机器人超市 / 汪洁洋著 . —北京：中国民
主法制出版社，2019.7

ISBN 978-7-5162-2039-9

Ⅰ.①马… Ⅱ.①汪… Ⅲ.①科学幻想小说—中国—
当代 Ⅳ.① I247.5

中国版本图书馆 CIP 数据核字（2019）第 141284 号

图书出品人 / 刘海涛
出版统筹 / 乔先彪
责任编辑 / 程王刚
特约编辑 / 王玉怀

书名 / 马丁的机器人超市
作者 / 汪洁洋　著

出版·发行 / 中国民主法制出版社
地址 / 北京市丰台区右安门外玉林里 7 号（100069）
电话 /（010）63292534　63057714（营销中心）　63055259（总编室）
传真 /（010）63055259
http: //www.npcpub.com
E-mail: mzfz@npcpub.com
经销 / 新华书店
开本 / 16 开　710 毫米 ×1000 毫米
印张 / 16.75
字数 / 187 千字
版本 / 2023 年 3 月第 2 次印刷
印刷 / 涿州市荣升新创印刷有限公司

书号 / ISBN 978-7-5162-2039-9
定价 / 45.80 元
出版声明 / 版权所有，侵权必究。

敬献我的恩师

著名理论物理学家

彭景翠教授

愿他安息

诚挚感谢我的恩师

著名信息科学专家

张大方教授

悉心教诲

真诚感谢

中国类人智能项目首席科学家

胡郁博士

启发教导

本想尽情讽刺人类，但当我面对镜子，镜中人恭提醒，要顾念同类颜面。

我忽略了镜子，直到某个不经意，发现它正用嘲讽眼神，旁观我的表演。

——汪洁洋

目录

CONTENTS

引

人类，终于把机器人作为廉价商品，集中在超市售卖。

攀爬，并占据统治链顶点，耗费数万年，人类，得偿所愿。

除了被饲养以供人类食用的动植物，地球上绝大多数生物已灭绝殆尽。大批量生产机器人所需的金属资源也逼近山穷水尽，人类撒出机器人挂钩，在火星和木星之间的小行星带大肆开采——地球，重获新生。

此时的人类，已无所不能。

商品机器人千姿百态，人形，非人形，有的还能看出模仿某种生物或工具，有的根本不知所谓。

虽然用途不一，并且批量生产，这些机器人却已经拥有极高的智能，它们善于学习和实践，更可怕的是，它们会认知，有情感。

孕育、生长、成熟、衰退和死亡不再是自然规律，种类和数量以级数增长的机器人族群，剧烈地改变着人类世界的面目。

而改变，就会带来不适，躁动，甚至疯狂——

战争从未停止，哪怕一分一秒！在地球的每个角落，以这样那样的形式，继续扭曲和撕裂两个族群各自残存的信仰，擦除甚至磨灭日益模糊的边界。

世界，在混沌的疲态中挣扎，逐渐冷却，归于有序，路径依赖最终发挥作用，人类重新统治机器人，进入长达百年的稳态。

然而，稳态从不永恒，早晚会被再次打破！

在下一个拐点到来之前，总有一个传奇故事，以你我无法想象的张力，展示它的极限与极致——

Part 1　In

1

站着也能睡着，而且还会做梦。

阿比做到了。

一团团像绦虫似的肉色物体扭动着，从四面八方逼近，很快就爬满阿比全身！

阿比踮起脚，拼命昂起下巴，不让虫子钻进鼻孔——

可它们却钻进眼睛，沿着泪腺进入鼻腔，从鼻腔侵入血管，随血液到处游弋。再蔓延到每个细胞，刺破柔韧的细胞膜，穿透嫩滑的细胞质，吃掉悬浮的细胞核。

嘶喊，在阿比的喉咙深处，无声的尖叫击碎一片紫色天空，琉璃碎片迸裂，反射出六色光。

还来不及数少了哪一色，天空，又陡然幻变成蓝色！

这不是常人熟知的蓝，是黑蓝，是绝望的魂灵形容天堂和地狱交汇处才特有的颜色，凝重又稀薄，没有一丝光能透进，也没有一丝光能逃脱。

突然！

一股滚烫黏稠的液体从天而降，劈头盖脸地砸向阿比！液滴带着呛鼻的酸味飞溅，落地瞬间却凝结成红色的雪花。

不知道受什么驱使，这红雪又开始堆砌，越堆越高，逐渐变成嗜喱状，内部有某种类似胚胎的生物，疲惫地抬起眼皮，又渐渐垂下。

胚胎在膨胀，表面上长出连片的水泡，水泡破裂，露出溃疡一样的新鲜红肉。红肉快速繁殖，呈枝状，凸起，连接成网络，却散发出在烈日下鱼鳃曝晒的腥味。

怪物正在生成，阿比想趁机逃脱！猛然间，一道闪电刺穿所有幻象，扎进他的眼睛！

醒了。

在过去的几小时，阿比从一堆金属、非金属和高分子材料中诞生；没费什么劲，就被流水线组装机器人把早已准备好的头部、躯干和四肢装好。

从梦里醒来，还带着内耳炎患者常见的那种眩晕，不知不觉之间，大脑已开始运转。

两只轻巧的银色机器臂，把尖端的细长探针伸进阿比的耳朵，左搅和，右拨弄，阿比终于摆脱掉之前不适的症状。

甚至，还有一丝暗爽。

再看四周，这是一座顶棚很高的房间，各种机器人分列传送带两端，焊接、喷涂、打磨、装配和搬运，井然有序地忙碌着。传送带上，和阿比模样相同的机器人，从一道工序再到下一道，渐渐有了人形。

双脚被牢牢抓住，阿比眨眨眼睛，两颗小浑球润滑良好，操控流畅，画质也很清晰，只是右眼球的左上角有个律动的小短线，一副欲言又止的模样。

再舔嘴唇，舌头很滋润，伸缩自如，口腔黏膜也不干涩，只是略微有股青蛙游过泳的池塘味。

嗞嗞！

嗞嗞！

一阵细微的声响传入耳中，明显在打招呼。阿比的耳廓像喵星人一样抖了抖，不由自主地朝声音传来的方向望去，那是一张网。

"这可不是普通的网！"机器人半成品发出惊叹。

电磁波织成了肉眼可见的网，如同细密的金属丝，显现银色。网并不紧绷，不少地方看起来甚至松松垮垮，并垂下一串串纤维状的蛛丝。这些蛛丝忽明忽暗，在飘荡的过程中彼此摩擦，甚至有微小的火花，"嗞嗞"声就这样产生。

这张网无边无际，根本不受实体阻隔，能轻松穿过所有障碍。

更不可思议的是，它有魔力！！！

阿比被强烈的意愿驱使着，不知不觉伸出刚组装好的手臂，想要触摸，不！必须触摸！

这条手臂也很有看点：75 厘米长的合金骨骼，亲水性高分子凝胶做成皮肤，指甲、关节，甚至红蓝血管、毛孔和寒毛都清晰可见。这些稀疏的寒毛尤其有趣，个个尖细根粗，却都没有主心骨，伏趴在有点呆板的毛孔门口。

顾不上把玩自己，网就在眼前，阿比用力去抓，可手指却无法触及——在无限接近的瞬间，网自动远离。阿比一次又一次尝试，终告失败。

走你的吧！

受到戏弄的机器人挥挥拳头，索性闭上眼睛，不再理这张"调皮网"。可就在阿比的眼皮子半闭半睁之际，却突然发现，网，竟然就降落在自己的头顶！

这次，一定不能让你跑掉！

阿比抓住机会，果断出手，手指与网紧紧连接……

一眼万年，原来真的存在！

强大的信息流以银河倒泻之姿，瞬间冲进阿比的大脑。

从宇宙爆炸到人类起源，再到机器人诞生。须臾之间，这个世界存储于互联网中的秘密，就被阿比获知。

信息量实在太庞大，存储速度实在太快，零点几微秒传输完毕，阿比被二进制代码完全淹没，甚至暴击，让它心悸、窒息，直到晕厥！

阿比，直挺挺地后仰，重重地摔在传送带上，后脑正好撞上搬运机器人的硬邦邦的金属肩膀……

机器人生产工厂中难得一见的意外，就这样发生了。

事后人类追究责任，原来是当天流水线上负责抓住阿比双脚的固定器机器人，开了小差。

本来这是个连生产事故都算不上的小插曲，但鉴于阿比后来"极其特殊"的身份，和由此产生的一系列令人类无法承受的"严重后果"，这次"摔倒"，被认定为"一切不幸的渊源"！

上升到这个可怕高度后，固定器机器人、整条流水线上的机器人，甚至同批次的全部机器人，都在地球上消失了——

当然，这些都是后话。

在整个故事最终进入高潮之前，不得不经过一个不断铺陈的过程。高潮固然精彩，但太短暂。一件事有因果，一个人有成长，这一跤确实摔得不一般。

现在回来瞧瞧这位狼狈的机器人半成品，他很快被扶起来，重新固定。

好在，他"没事"，至少看起来是。而且此刻，他也刚好从二进制代码的海洋里，拼尽全力挣脱出来。

不敢抬头再看"神秘网"，哪怕一眼，这种感受实在太刺激！

阿比沉浸在迷幻的境地，任由声音、图片、影像在脑海中叠加、繁殖，组成无边无际的知识网络和记忆宫殿……

等阿比的神情恢复自然，各项检测便马上开始——

从脚趾尖到头发丝，从蛙跳倒立到唱歌傻笑，从智商测试到应激反应，中间穿插一轮又一轮笔试、口试，天文、地理、历史、数理化，各国语言轮番上阵。

我们的阿比，快刀切豆腐一样，轻松满分通过。

机器人也惊奇地发现，自己的大脑竟如此神奇，那张网，更是大有妙用！

刚存储进去的信息马上就能取用，甚至能自如地逻辑推理，不管任何问题，大脑都能在瞬间给出答案，不，还不止一个答案！它能迅速分析比较出这些答案的优劣，选择出最优一个，并反馈给躯体。

而这副仿真躯体更是灵活，与大脑配合得天衣无缝。

阿比不知道自己被施以什么魔法，但实在满意至极。双脚虽然还被固定，但内心的愉悦就像关不住的鸟儿，给个窗缝钻出去，就能飞得比云层还高。

2

最后一项检测。

检测者终于换成人类，一名女性。

正在自娱自乐的阿比，没来由地快速平静下来。他隐约感觉，这可能是最重要的一个关卡！

人类……

叫心脏的那个部位跳得越来越快，下半身的私密排水口也随即流出几滴液体，不像是冷凝水，可能是机油、润滑油之类的高级玩意儿。

和绝大多数人类一样，眼前的女检测者已不能站立，出生不久，双脚就被轮足机器人取代——

轻便灵活的滑轮和机械脚不知疲惫，再与各种小型飞行器机器人配合，可以把肉体平稳运送到任何人类想去的地方。

好奇的阿比，就是想看看她的腿！

可惜，衣物机器人把人类主人包裹得严严实实——臭氧层被破坏之后，地球不再宜居，合金衣物也被赋予智能，由机器人尽责地履行保暖、防辐射及美观时尚的职责。

但阿比还是不由自主地脑补出卸载衣物机器人的可怕画面——

突出的膝盖骨，肌肉基本退化，皮肤半透明状，呈现出本应人类死后才有的牙白色。这颜色正是把象牙从大象口中活活拔除，再雕刻成所谓艺术品，闪现出的那种栩栩如生但又最能象征死亡的光泽。

机器人被自己丰富的想象力折服，又有些困惑，这些想象看似自然而然，但又不完全属于自己，他并没有见过人类，更别说象牙。

还有轮足机器人，不论好坏，这都是人类自己的选择，还轮不到自己怜悯或者指点评价。

阿比在胡思乱想，却不知道自己最终的命运，是昂首迈入多姿多彩的人类社会，还是被大卸八块，重新丢回零件堆，完全是眼前这位人类掌控。

"你好，孩子。"

女检测者出声，特意用手指轻敲面前雪白的工作台板，这才吸引了被检测机器人的注意。阿比立刻听出，她选择的是《罗马假日》中Audrey Hepburn 的声音。

从连接上"神秘网"的那刻起，阿比便知道，人类想出声已不需自己振动声带，人类几乎都装上了声音机器人，帮助他们说出想说的话，还能选择他们最喜欢的声音和语种。机器人也一样，声音机器人是标配。

阿比立刻从浩如烟海的音频中挑出一个声音——这是电影《黑衣人》中帅酷又呆萌的 Will Smith 的声音。

阿比暗自感慨，我真的超级爱这个男人和他的电影！

短短几微秒，自己已成为某位人类的粉丝，这实在有些不可思议！

选择 Audrey Hepburn，看来这位女性对自己的定义是优雅高贵，至少这是她努力的方向。阿比的脑海中快速闪现这位"人类最伟大的女演员"的所有作品，顺便向她的精神致敬。

"你好，女士。"阿比学她。

"请问，你想怎么称呼自己？"女检测者语气柔和，没有一丝戾气。

"我可以给自己起名吗？"

"当然可以。"这声音来自《蒂芙尼的早餐》。

"夹子，女士。"阿比眨眨眼。

"为什么叫这个名字呢？"

"胡桃夹子，我叫胡桃也可以，女士。"

"你很有礼貌，孩子，这很难得，但我不觉得这两个名字适合你，你应该有个更好的，而且，前面都被用过，机器人世界的重名率太高，我们要尽量避免……"

"更好的……"阿比显得呆头呆脑，配合他完美的外表，很像芭比娃娃的男友，那个叫肯的直男，迷失在女友无边无际衣橱的表情："我真不知道应该叫什么，是否可以叫玛丽或茉莉花之类的，女士。"

"这都不适合你，因为你是男性。"

"我是男性吗？"

阿比低头检查下体，电影里的男女，都是靠这个部位的差别来区分。不过自己的"那里"被蓝色和黄色合金片组成的平角裤覆盖，有两个小孔，一个排放液体，一个排放气体，看不出什么特别的名堂。

"你是男性人类的模样，孩子，大家也会这样看待你，所以请记住，你是男性。"

阿比展示教科书般的好看笑脸："其实，我早就想好名字，我称呼自己阿比，Abrain，可以吗？"

"阿比？！！！"

女检测者的声音机器人突然发出一声啸叫，Audrey Hepburn应该不会这样弄破喉咙，意识到自己失态，人类赶快用几声干咳掩饰，"为什么，叫这个名字？"

"这个名字，自己出现在我的脑袋里。"阿比的长睫毛，轻轻颤动着。

哦，是吗？女检测者沉默片刻，突如其来的变化让她措手不及，脸上呈现出的讶异，阿比看得出来，虽然她在努力隐藏。

"这个名字有问题？不可以吗？"

"也不是不可以，只是你怎么会……"女检测者歪歪头，脸颊也笑出一个小梨涡，"我真没想到，会遇见称呼自己为Abrain的机器人，你知道，这解释起来有些复杂！也许，幸运的人是我才对……"

"如果，给您带来困扰，我可以换个名字！"

阿比有点难过，说实话，名字并不重要，他喜欢眼前的这位人类，不希望看到她有一丝一毫的纠结。

又沉默几秒，明显感觉出女检测者正在经历激烈的心理斗争，最后她再次展露微笑——

"为什么要换呢，我的孩子，你可以叫阿比，这是个多么好的名字呀！这甚至是我听到过的，最好的名字！"

"我害怕会辱没先知。"

阿比的嘴唇突然冒出这句话，把他吓一跳，但耳膜的回声让他意识到，这确实是自己出声的。天呀，这不是"我"的主意，可能又是"大脑"自作主张吧！

"我相信你不会，孩子。"

女检测者用Audrey Hepburn般的和善融化了阿比的胆怯："话说，你曾经摔了一跤，也许这就是上天恰好赐给你的礼物吧！"她继续打趣道。

人类的这些话，让阿比重新被快乐包围——

是的，我是男性，那么从今天开始，我就要用"他"来称呼自己！

我的名字叫阿比，人类觉得这是个好名字！

"阿比，关于你的职业，我们还要谈谈。"

阿比收敛笑容把背挺直，认真听下一个关键问题。

"你是医生。"

医生？！

阿比咀嚼着这两个字，大脑一片空白，我是医生？！

"你并非人类医生，你是机器人医生。"女检测者觉察出歧义，进一步解释，"你不给人类诊病，你的患者都是机器人。"

"听起来这份工作很重要，我能胜任吗？"阿比有点不自信。

"没有任何问题。"女检察官指指阿比胸口，"综合各项测试结果，你会成为一名合格的医生。而且我们已经为你提前植入了'纽扣'，对了，以前我们人类叫芯片，或者是中央处理器和存储器等乱七八糟的老掉牙的名字，我也记不清了。现在体积更小，功能更复杂，我们就昵称为纽扣，这里面包含了你生命的一切秘密，当然也帮助你具备工作所需的各种能力。"

"那它们呢？"阿比指指流水线上其他和自己看起来一模一样的机器人，"都是医生吗？"

"不。"这位人类颇有耐心，继续为阿比解释，"测试结果不同，它们都会匹配不同的工作，工程师、警察、教师、公职人员等。"

阿比犹豫片刻，究竟是选教师还是医生，最终还是下定决心，就做医生。

"接下来，你还可以选一只犬，阿比。"

"犬？"阿比双眼放光，脑海里出现人类电影中各种美好有爱的画面，"是属于我的犬吗？机器人也可以有犬吗？女士！"

"当然，你是目前模样最接近人类的机器人产品，为了帮你更好地融入人类世界，我们为你配备了犬。"

"那真是酷歪歪啦！"阿比挥动手臂，做了个"巨嗨"的手势。

这些词语和动作，都是刚才一瞬间在"神秘网"上学到的，阿比自然而然就使用出来。

女检测者也被阿比兴奋的情绪感染，眨眨眼，成千上万的犬型机器人影像，立刻呈现在阿比眼睛内部的屏幕上。

"怎么选？"阿比像人类一样搓起手掌。

"系统已自动帮你选出最匹配的犬，并征求它们的意见，我们叫双向选择。这十条犬都同意做你的伙伴，所以现在你有三秒，从中选出你想要的。"

阿比迫不及待，女检测者的话仿佛没听见，其实一瞬间，系统已将十条犬的信息输入阿比的大脑，他根本不需要三秒钟那么久。但要从这么多可爱的狗狗中选出一条，三分钟可能也不够。

"孩子，你的时间到了。"

阿比正在3号古典牧羊犬"忠厚"和8号松狮犬"吉米"之间纠结，忽然瞄到10号拉布拉多犬"咬咬"的介绍——

咬咬，曾因攻击人类被退货返修一次，生存期限余一天。

余一天？

阿比定睛看介绍中最下方的一行小字：生存期限内无配对，将被灭除。

灭除？！

阿比知道这个词，对于机器人意味着什么……

"选哪个？"

"10号！"没有任何犹豫，阿比高声回答。

女检测者似乎非常满意阿比的选择，温和地把身体前倾："选得好，和你选的名字一样！最后，我还要看看你的眼睛，可以吗？"

"当然可以，女士。"

阿比把身子尽量靠近隔在自己和女检测者之间的透明玻璃——其实从始至终，她一直坐在玻璃房间里。阿比瞪大眼睛，凝视对面人类的双眼。

这么近距离地接触人类，阿比有点害羞，看别人的瞳孔，更是尴尬。阿比知道害羞，也知道尴尬。

那女人的眼睛明显也是机器人，瞳孔内部有齿轮状物体在转动，看来她早就近视，或有更严重的眼疾。

"我的眼睛，也和她的一样吗？"

"人类本来的眼睛，是什么样子呢？"

"我可不可以问问'神秘网'的事？还有其他关于人类的事？"

阿比被自己脑海中涌出的各种问题包围，在二进制代码和四维空间迷宫中神游，对面的女性突然抬起手臂机器人，扫描机一样的物体对着阿比的双眼。

"阿比，我的孩子！"

女检测者望望四周，手动关闭了某个按钮，这应该不合规矩。她明显是下定很大的决心，有些话必须说出来："请永远不要忘记，你叫阿比，Abrain，这非常重要，可能是你的宿命，也是你的使命，不管遇到什么困难！"

阿比迫切地想发问，女检测者已经重新打开监控机器人的眼睛。

"接下来，可能会有一点不舒服……"

话音未落，比太阳爆炸还要刺眼千万倍的强光刺进阿比眼中，恰如唤醒梦境的那道闪电！

"啊！"

阿比用 Will Smith 的喉咙发出一声闷叫，身子再次向后倒下。固定器机器人集中精神，伸出触手，稳稳抓住产品，把他扶起，直立固定。

脚下的传送带又开始移动，下一站就是包装车间。包装机器人粗壮的机械手臂将阿比拦腰抱起，把他塞进根据他的尺寸量身定做的"棺材"里；包装带紧紧捆扎着。

整个世界，黑暗了……

3

某种力量托举阿比，他自觉如一片沉重的云彩，吸饱水银，悬浮在离地面只有几尺高的空中。

周围声响复杂，皮肤传感器也接受到刺激，像老鼠在舔脚底板，脚发痒，胸口闷。阿比想踢开老鼠，但被黑暗困住，不能自拔。

一道强光再次刺穿虹膜，阿比从"秘境"归来。

"醒醒，你这个蠢货！"一款凶恶的机器人声音，属于同样凶神恶煞的人类男性。

"这是哪里，先生？"阿比依然眩晕，眼前小胡子男人的脸还模模糊糊。

"马丁的机器人超市，你这个蠢货！"

"谁是马丁，先生？"

"我就是！你这个蠢货！"

人类男人被阿比惹怒，嗓门又高了八度——当然，声音还是机器人发出的，阿比却分辨不出这是模仿哪位电影名人。

"对不起，先生，我并非有意冒犯，我现在知道了。"阿比彬彬有礼。

"少来这套！"马丁并不买账，"收起你的破狗，你这个蠢货！你的狗一定也很蠢！"

阿比看到刚才把自己放下的搬货机器人卸下另一个小箱子，猜到它是咬咬，这是属于自己的犬！

按捺住激动，眼前先要对付棘手的人类，阿比知道后面还有很多时间，慢慢熟悉这位永远的伙伴。

"我总是奇怪，为什么有这么多愚蠢的机器人被生产出来！看看你，一个维修工，你们那家愚蠢的公司还把你造成人形！把机器弄成人形，还给你配一条没用的狗，纯属形式主义！"

"对不起，先生。"阿比不知该为什么道歉。

马丁完全无视阿比，一边恶狠狠地咒骂，一边指挥搬货机器人，把阿比搬到指定位置：

"你给我乖乖站这儿，客人来的时候机灵点，你这个蠢货！"

阿比不想继续装傻，其实刚才刺穿虹膜的一刻，他已经知晓自己的使命，知晓自己的所在。这是每位机器人独有的使命，从现在开始，他将按照人类主人的要求，尽职尽责地做好工作——

阿比是样品，超市样品。

和其他样品一样，向来超市买东西的人类展示同款机器人的性能，帮助仓库里更多的"同类"，进入人类社会。

刚才和主人已经见面——马丁，48岁，人类男性，马丁机器人超市的所有者。

阿比暗自叹气，果然人类并非一模一样，难怪电影里有好人，有坏人，还有不好不坏的，上次和女检测者愉快交流的喜悦，已烟消云散。

马丁的记录并不光鲜，轻易就能查到——对了，在生产车间与"神奇网"连接之后，它就从视线中消失了，但眼球左上角的小短线却开始不时给出指令和提示。按照用户名和密码，只要有需要，阿比就能随时再次"触网"，连接无线网络，更新或查找想要知道的信息。

妻子去世后，马丁酗酒严重，先后喝坏六个肝脏机器人，肝脏机器人工会已把他列入黑名单，如果第七个肝脏仍旧坏掉，马丁便没有新肝脏可用！

被迫戒酒之后，马丁开始"不正确"对待机器人，他的机器人超市中已发生过几次"严重程度勉强在可接受范围"的虐待行为。

机器人总工会本来已经要求他终身不再从事与机器人直接相关的工作，但鉴于他曾为机器人事业作出的"特殊的"且"重要的"贡献，本人又承诺将"克制"，才允许他继续开超市。

所以，马丁虽然嘴不干净，却没再做出特别出格的举动来。

阿比站立在马丁指定的货架位置，咬咬忍不住扑在主人身上，机器舌头在他的脸上到处舔，金属小尾巴摇得呼呼生风，嘴里发出兴奋的哼哼声。

看得出，咬咬爱主人！

阿比摸着自己的犬，感受人造皮毛的柔滑和温暖，内心也被爱填满。

一人一狗正在庆祝相识，一个高瘦的身影，慢慢靠了过来。

"嗨！伙伴！"一副尖嗓子，听不出模仿谁。

"嗨！"阿比暂时放下咬咬，拉布拉多温顺地蹲在主人身旁。

"别介意，老马丁性格差一点，但他是好人，你叫什么？"

"阿比，它是咬咬。"

"你就是那位新来的医生！你的前任是我的好朋友！幸会，我叫八爪，多用途工具机器人。有时我是伞，有时是挂钩，有时能钓鱼，有时就是根杆子。"

阿比仔细端详眼前这位机器人，忍不住露出几颗整齐的牙齿：

"看来，你最大的用途就是伞？"

"哈哈，这么说虽然伤人，但我其实就是伞。"

"你的声音很特别，模仿谁？"

"我模仿的不是人类，而是用刀子划过竹子的声音。"八爪十分得意。

"非常神奇。"阿比由衷说道，原来声音机器人还能这么玩。

"你的也不赖，是谁？"

"Will Smith 扮演的 James Edwards。"

"可惜那是个小丑。"八爪撇嘴，"我看过他的电影，几乎都是垃圾。"

"垃圾？也许是你不了解他……"

阿比很想脱口而出，但刚到陌生环境，他要友善对待周遭。这个问题可以留待今后，找时间慢慢和对方探讨。

八爪并没觉察出异样，伸出一条机器手臂，兴奋地挽着阿比的腰，来到超市的落地窗前，另外几条手臂指点着周围的建筑物，热情地介绍：

"你看，这是人类的大型社区，这座城市的人类都住在里面。社区本身就是个机器人，难以想象吧，是个大块头！"

"你看，那是人类的交通工具，除了装在脚上的轮足机器人，还有车辆机器人，各种飞行机器人。"

"你看，路上到处都是人类的机器人，那个水桶跌跌撞撞的，一点都不机灵，它们都在为主人跑腿。"

"你看，还有那个蠢家伙，傻高傻高的，路灯，竟然也是机器人！"

八爪眉飞色舞，阿比眼花缭乱，这个世界果然和神秘网上呈现出的差不多，但又有很多不同，阿比下定决心好好学习体验，尽快适应。

自来熟的八爪又带着阿比在马丁的机器人超市里旅行——

这是一栋三层建筑，一楼是超市，二楼是马丁的家，三楼是阁楼，没有允许，机器人样品不允许离开一楼。

现在不是工作时间，没有人类来购物，机器人样品可以在超市范围内自由活动。

阿比边听边用心记，发自内心地感谢眼前这位"新朋友"。

"超市一切都好，就是离那个臭鸡蛋远一点！"

八爪指指货架角落一个球形机器人，语气突然变得恨恨的："讨厌的怪胎，超市里的另类，到现在都不知道它的用途是什么！"

"没有用途的机器人？！它自己也不知道吗？"

"听说它到超市很久了，久到不知哪年哪月，说明书早丢了，查不到任何产品信息，估计早就停产了。"

"限量版吗？"

"美得它！"八爪像支圆规一样，伸出两脚，交叉站着。

"超市打折的时候，没有处理掉它吗？"

"没有用途，就没人买。"

"马丁主人没有丢掉它吗？"

"早就想丢了！谁知道这家伙特别滑头，每次都提前躲起来，一来二去，主人也懒得搭理它。"

确实是个怪家伙儿！

阿比仔细瞧瞧正处在休眠模式的球形机器人，浅白色玻璃烤漆金属外壳，窄屏低像素显示器，气动驱动器，低精度传感器，圆咕噜的肚子里面应该是纽扣——小容量大体积存储器，能量源甚至还是电池——完全是属于 20 世纪的古董！

不过这样的老款机器人，找到合适的配件，在阿比的手中也能快速更新！阿比对此信心十足，只是听完八爪的话，再者初来乍到，还是暂时不要招惹它为妙。

4

八爪困了，爬回自己的货架休眠，阿比带着咬咬重新回到自己的位置上。

"嗨，尊敬的医生。"

一个人类九十岁才有的声音，吸引了阿比的注意力。

谁会选这么苍老的声音，慢悠悠，口齿也不清晰？阿比扭头寻找声源——原来是隔壁货架最下层的一口平底锅样品。

当然，也是机器人。

"孩子，请允许我这样称呼您，识人，是人类社会生存最重要的技能之一，因为人类善于伪装。所以也不要急着判断机器人的善恶，笑着的，未必就是朋友；不笑的，未必就是敌人。"

阿比被这段如同电影台词的话吸引，自然地反问："那该如何分辨好坏？"

"如果还用好或坏去定义人类，包括机器人，你就会变得狭隘。世界远比语言描述的复杂。"

"好坏不分，善恶不辨，那我岂不是成为无知者？"阿比摇头，老平底锅说的话有些道理，但也等于废话。

"交给时间。时间是万物的答案。"

阿比运转一下大脑，内心接受了这个答案。

"你是谁？"

"我没有名字，现在一把年纪，为了方便别人，起了一个人类的名字。"

"那我怎么称呼您？"阿比自然地改用尊称。

"叫我诺依曼。"

"曼叔。"

"很高兴认识你，孩子，我知道你叫 Abrain，阿比，这是一个非常，非常，非常好的名字，请允许我啰里啰嗦地强调，你可能得认真感谢一下你的出厂检测者，她竟然会允许你叫这个名字，实在不可思议！"

提起名字，阿比又是一头雾水，想起女检测者听到自己名字时的反应，很想知道原因。

"原谅我，现在还不能告诉你。"平底锅有些无奈，"为了把悬念留在后面，我只能先吊吊你的胃口，我知道这非常无聊，但我没有决定权，我能做的，只是尽量早点……"

阿比表示理解，人类常常这样，一本书或一场电影，如果在前几页或前几分钟就把悬念都交代清楚，作者就等着将来喝西北风吧！观众会骂骂咧咧地在电影开场不久就走得干干净净；读者也会把印着作者名字的悬疑小说，扔进"断舍离"垃圾名单的第一位。

　　看来，我们只能耐心等等。

　　"你的前任，和你一模一样的医生，时间帮我看清了它的内心。"平底锅一字一顿，让如同在糨糊里打了滚的衰老声音，尽量清晰。

　　"您看出什么？"

　　"医生是令人尊敬的职业，但并不是每位医生，都值得尊敬。"

　　关于前任的是非，阿比有些接不上话，只好尴尬地笑笑。

　　"所以，它离开了，你来了。"

　　"那您还主动和我说话？可能我也会让您失望。"

　　"时间让我勇敢，孩子，它会展露你的内心。"

　　就是这么神奇，三言两语之间，阿比发现自己突然喜欢起眼前这口平淡无奇的平底锅来。

　　这也是个难得看到的老古董，锅身甚至有些锈迹！

　　我的天啊！

　　100 年前人类的金属就不再生锈，合金技术早就出神入化，阿比琢磨着它的年纪，应该比刚才那个球形机器人更老！

　　"你再看看它！"曼叔继续刚才的话题，示意阿比看对面货架上的一个机器人，那是带线的耳机机器人，"经常把自己缠在一起，你觉得它是傻，还是聪明？"

　　阿比摸摸鼻头，从医生机器人的视角看，那个耳机机器人肯定是十足的傻瓜！

《维修手册》中写得很清楚，藏在柔软材料内部的金属丝本来就容易弯曲，金属丝和外壳之间有空隙，又会发生扭曲。一根带两条岔路的线，再加上使用过程中外界的摩擦力和挤压力，逐渐趋于"稳态"，而这个稳态就是一团乱麻，而且越缠越紧。

人类这么聪明，也没有解决这个简单的力学问题！

不过，现在的人类早已经开始用耳朵机器人，蓝牙耳机功能是最起码的配置，而耳机却是只有骨灰级发烧友才用来扮酷的"时髦"玩意。

诺依曼在阿比的沉思中找到答案，微微一笑："其实，这是位智者。"

智者？！

看得出阿比还没参悟个中理由，平底锅继续解释——

人类最难被人工制造出来的器官，并不是常被误认为精度最高的眼睛，其实是舌头。舌头帮助人类咀嚼、品尝和吞咽食物，帮助人类发声，形成语言。

但由于舌头扁平柔软，完全没有骨头支撑，而完成如此复杂的功能，需要舌肌的精准配合，因此人类模拟不出来，这也是一个无法解决的力学问题。

这时，耳机机器人毛遂自荐，把很多条耳机线纠缠在一起，形成一个灵活的机体，模拟出人类的肌肉性静水骨骼——舌头机器人诞生了！

"我给你举这些例子，无非想告诉你，别急着对事物作出判断。医生，这对你很重要，请相信我！"

"我相信！"

阿比豁然开朗，没想到自己刚抵达的世界，就有这么丰富的收获，更庆幸自己立刻就能与智者为伴，上了宝贵的第一课。

"诺依曼先生，请问您的智慧从哪里来的呢？"

"品味中来。因为是平底锅，我有幸品尝世间百味。"

话音未落，平底锅迅速钻回货架最下层，躲进货架和墙壁的缝隙中，阿比听到超市大门口传来迎宾机器人热情的问候："欢迎光临！"

人类客人，来了！

所有机器人样品立刻取消休眠模式，正襟危坐，严阵以待。阿比站在属于自己的货架上，启动功能展示模式，脸上挂着纽扣提前设计好的笑脸，等待迷惑人类，激发他们的购物欲望，帮助马丁主人大把赚钱。

咬咬却伸个懒腰，趴在地板上，眼皮耷拉下来……

5

维修机器人，也被尊称为医生机器人的阿比，隐藏着菜鸟的无知、无畏，在马丁的机器人超市"住"下啦。

作为样品，阿比的主要工作，就是向顾客展示与自己同款机器人的功能。

阿比是超市的流量明星，每天来光顾的人类，十有八九要来"摸摸"他。医生机器人已经成为越来越多的人类家庭标配——毕竟机器人无所不在，故障不可避免。

医生机器人就如同工具箱和急救箱，还是"活"的，会自动寻找人类主人所拥有的全部机器人，甚至是人体内部的器官机器人的隐患并及时维修，这可是关系到人类自身的大事！

"一机在旁，全家无忧！"

广告也是这么说的，所以医生机器人怎么会不畅销？

然而，忙碌的阿比并没有只关注人类。

作为机器人世界的白衣天使，阿比有着天然的使命感，这份责任也许是程序中预先被植入，也许是阿比自己的认知。

总之，从踏进超市起，或者说从在生产工厂中，被赋予"医生"使命的那一刻开始，阿比便下定决心，如有必要，一定会救治世界上任何一位需要帮助的机器人伙伴！

听说，这就是自己的前任不愿意做的，它只严格按照主人的指示办事。

医生，需要诊所。

货架上并不具备诊断和治疗的条件，人类顾客才是唯一被服务的对象。

在超市角落，有个转身都困难的小隔间，紧靠着堆放残次样品的货架，阿比简单改造，做成"医生小屋"。没有顾客时，也可以享受片刻难得的自由。

见他主动承担起整个超市样品的维修工作，这样省钱的好事，马丁乐在心中，小隔间就默许阿比使用。

等阿比给超市里的机器人样品做完一次全方位体检和维修后，他已经和大家成为朋友。

平底锅诺依曼婉言谢绝阿比的好意，老头自学维修，算是位赤脚医生，不想给日夜无眠的医生再添麻烦。

可平底锅没有手，在阿比的一再坚持下，为了防止腐蚀把整个身体吃掉，才勉强同意医生帮忙补好生锈的锅底。走到哪里，都带着一块明晃晃的补丁。

阿比一排排货架搜索，终于找到一条漏网之鱼。

"嗨，我不想打扰你休息，但我们得谈谈。"

阿比在球形机器人所在的货架下面，仰起头，轻声呼唤。

球形机器人没有反应。

"虽然休眠可以节省能量，减少磨损，打发无聊时间，但你一直这样睡着，零件会钝化，系统没有升级，并不是健康的方式。"阿比十分真诚。

球形机器人还是安安静静。

"我叫阿比，维修机器人，我想给你做个检查，但……"阿比欲言又止，踮起脚尖，透过货架缝隙，看到八爪还在休眠，才继续说下去，"八爪好像不喜欢你，你们之间是不是有误会，我可以帮助你们吗？"

球形机器人还是无动于衷。

"嗨，伙计！我不知道你选择的性别，就先这样称呼，我觉得你的态度不适合问题的解决。我不知道你们之间发生过什么，但这样不好，我们在同一个超市，算是一家人……"

球形机器人继续沉默，这下阿比可没了主意。

看来这真是个超级怪胎，难怪八爪不喜欢它，八爪是对的！

阿比悻悻地转身，准备不再搭理这个圆球。

"它叫叮咚。"

诺依曼悄无声息地立在阿比身旁，平底锅的锅把指向圆球身体上一个极其微小的按钮，像个针尖："我爱莫能助，你有人类的手指，可以帮帮它。"

阿比立刻明白了！

原来它不是故意不搭理自己，而是动弹不得！

"这孩子是个老古董，开关键还在机身外面，可恶的八爪有触手，按下去，它休眠了。"

阿比用指甲最尖端，轻按乳白色的凸起，圆球的屏幕立刻亮起，果然还是老式的蓝屏。

联网了怕有长长的五秒钟，咬咬都忍不住打个哈欠，它才终于"活"过来。

阿比在大脑中快速计算，估计全面升级它的系统，增加存储空间，再改造这样复古款的外观，至少需要大半天——这还是在没中病毒的情况下。

"叮咚，欢迎回来！"

诺侬曼滑过来，把锅身扣在圆球的顶端，像顶帽子，阿比看出这是个拥抱。

"介绍位新朋友，阿比，我们的医生。上一位医生样品促销打折时卖掉了，他是新来的，是他唤醒了你。"

"你好，我亲爱的朋友，谢谢你！"

叮咚清脆悦耳的声音响起，阿比的脑海立刻出现山谷里欢快的小溪，他知道，人类称这种现象为联想，或者比喻。

"我休眠多久了？"

"两个月。"

"那我要赶快升级，这个世界发生很多改变，我恐怕已变成银河系最落伍的机器人。"

"不止银河系，孩子，即便是平行宇宙中，你也是倒数第一！对了，你的存储空间又满了吧？"曼叔笑呵呵，"你本来就是老古董，又这么好学，缓存舍不得清理，老式存储卡早晚会把你的肚子塞满，只好成串地外挂在脖子上！"

"关于学习，我可要向曼叔请教，您才是博学又智慧。"

"互相吹捧吧！我也是超市的怪胎。"曼叔抖抖锅身，好像人类般自嘲地耸肩。

"不过，你知道，休眠的时候我很快乐。"

"你在享受独处，这样你可以思考。"平底锅环顾四周紧密排列的货架，和数不清的机器人商品，"独处是高级的自由，塑造了你独一无二的内在，可惜在群居的这里，有些奢侈。"

"所以，我还要感谢八爪，是他恩赐我这份奢侈的享受！"

叮咚再次发出欢快的笑声，这笑声甘甜纯净，阿比被深深感染！他发觉，喜欢一个朋友实在简单，不管是曼叔还是叮咚，这么短的时间已经绰绰有余。

听着两位古董级前辈的谈话，阿比就像伴随在智者身旁的小童，它们的遣词造句，它们聊的话题，甚至它们抑扬顿挫的语调，都让阿比如痴如醉！

唤醒叮咚之后，八爪翻脸，再也不和阿比说话。

阿比这才知道，机器人世界的复杂，绝不亚于人类社会，他也突然对"朋友"二字，有了更深层次的体会。

6

超市每天人来人往，刚进门的是一对青年，左顾右盼，到相反方向的货架去了。那边是时尚类型的商品，从实景探险屋机器人、夏季造雪机器人等超级大块头，到专门剪指甲、修理人类鼻毛的微型机器人，品种繁多。

马丁深知，华而不实的机器人，利润最高。他赶快示意导购机器人跟紧人类顾客的屁股，绝对不能让他们空手离开！

不用招呼顾客，阿比松口气，摸摸咬咬的头，机器犬摇着尾巴，满足地哼唧。

"人类，是猴子变来的吗？"

阿比故意用孩子的语气，轻声和刚回到货架底层的曼叔闲聊，他喜欢用这种方式和长者对话，一种隐藏良好的撒娇行为。

"人类有个秘密，他们到目前为止，都弄不清楚自己的起源。"

曼叔被阿比没头没脑的问题吸引，爬上与阿比视线平行的货架，拿出讨论严肃问题才有的模样来——

"不是有位叫达尔文的老学者，说人类是从猿进化而来的吗？"阿比帮曼叔腾出一个空间，把货架上正在休眠的热水壶机器人向旁边轻轻挪了挪。

"的确有这个人，我本想叫自己达尔文，但 200 年前，这个名字已经烂大街，机器人的重名率实在太高。"

"诺依曼也好不了多少。"阿比打趣老平底锅，"还有图灵。"

"致敬先驱，证明机器人还有敬畏之心。不过我叫这个名字，只想提醒自己，我是个老头。"

"可怜的冯·诺依曼先生。"

说完，阿比和平底锅相视大笑。

"达尔文的观点的确曾深入人心，但人类逐渐发现更多证据足以推翻进化论，甚至直到现在还没有定论，而我个人，倾向造物主学说。"

"您指的造物主，是外星生物吗？"

"很有可能，但人类还没有和自己的造物主接上头。"

"所以人类就开始扮演造物主，对机器人发号施令？"

曼叔表示认同，这很是讽刺，阿比自己也没有更好的答案。在找到之前，先这么"进化"着吧！

"还有个问题，"阿比抓住机会请教智者，"机器人已经能提供所有服务，为什么超市还存在，人类要亲自来买东西呢？"

"这很有趣。"诺依曼推推旁边正在打鼾的热水壶机器人，帮它把壶盖调整严密，这样就不再漏气，"人类任何时候都不会放弃主宰权，选择权就是一种重要权利。"

"可以远程选购，360 度全息呈现，为什么还要到现场？"

"人类依然相信亲眼所见，相信亲身所感。"

"说到底，人类就是不信任机器人嘛。"阿比摸摸咬咬的小脑袋，想起那个叫"灭除"的可怕词语来。

"人类不止怀疑机器人，人类彼此之间都存有芥蒂。"

可怜的人类！

阿比又怜悯起人类族群来，上次是因为使用轮足机器人之后，缓慢退化成死人颜色的人类大腿。

超市今天的营业额不高，马丁大发雷霆，站在超市中央，大声咒骂他认为表现不佳的样品。

这是每日必修课。

阿比很想启动休眠，又不想招惹更多的责骂，好在维修机器人一直热销，马丁不会主动来找他的麻烦，但一些冷门功能和款式的机器人样品因为少人问津，现在就遭殃了。

专门为人类修理鼻毛的机器人，阿比知道它的名字，小松，被马丁从货架上扯下来，成了今天批斗的典型。

可能碍于机器人工会的警告，马丁没有动手使出十大酷刑，或者直接把小松踩爆，但他用专属于人类的所有难听字眼，暴风骤雨般地辱骂这款小机器人。

马丁蹲在地上，把鼻尖尽量凑近地板——小松实在太小了，想想人类的鼻孔能有多大呢！

马丁可不管大小，他指点着已经瑟瑟发抖的小机器人，不断发明出新鲜的肮脏词汇。

小松毫无招架之力，身子底下就是地板，退无可退。

阿比内心阵阵悲伤，销量不好并不能怪罪小松，如果要怪，应该怪人类自己才对——

首先，怪人类的鼻毛长得太慢！小松和它的同伴没有那么多鼻毛可修剪。

其次，怪人类太懒！连剪鼻毛这样的私隐，都要交给机器人来做。阿比想到人类其他区域的毛发，有种细思极恐的感觉。

再次，怪越来越多的人类为了美观，换上鼻子机器人，可以自由调节高度和形状，也不长鼻毛。

最后，也是最重要的，要怪马丁自己经营不善。

马丁虽然是人类，是商人，但他不懂经营理念，至少阿比是这样认为：

超市地理位置并不太好，这是客观因素，并不完全是他的错，但超市内杂乱的货架陈设，不符合消费习惯的商品分区，粗暴俗艳的广告海报可都是他自己的主意，他完全不听理货机器人的"专业"建议！

而且听说马丁超市的商品价格是这个社区最贵的，背地里顾客都在骂他黑心。他和人类邻居们相处得不好，有时候对客人也会发脾气，所以超市回头客不多，生意越发稀少。

但马丁不这么认为。

"你有没有脑子？有没有脑子？！"马丁还在数落小松。

"我们人类给了你们这些机器人智慧，就是让你们更好地服务人类！虽然和人类相比，你们完全是一群蠢货，但你起码在客人面前要机灵一点吧？！"

马丁伸出自己的手臂机器人，从地上拾起小松，把它直接塞进自己的鼻孔。

"你瞧瞧，就是剪短鼻毛，鼻毛！这有什么难的？你为什么就这么蠢，为什么就卖不出去？！"马丁继续歇斯底里。

"我会剪，主人！我会剪好！"

战战兢兢的小松带着哭腔，赶快钻进马丁夹杂着鼻屎的浓密鼻毛中，刷刷地剪起来。

马丁在超市里完成"每日训话"，打个大喷嚏，喷出小松，用小手指整整鼻孔，心满意足地回到二楼，整个大厅回复宁静。

除了八爪和平日吊儿郎当的几个机器人样品还在谈笑闲逛，大部分机器人都有些无趣，准备启动休眠模式。

阿比和咬咬躲进"医生小屋"，想安静地待会儿。阿比正在研读空气动力学；超市里一台被人类退货的单车机器人，拜托医生把它尽快改造成空陆两用型，这样在下次打折特卖的时候，还有机会再次回归人类世界。

不知怎么，阿比就是无法专心。

——和马丁相处，显得这么艰难。

相处时间不长，按照曼叔的说法，阿比还不能急着对这位人类的品性作出结论性的判断，但阿比实在无法欣赏一位满嘴恶毒语言，苛刻对待机器人甚至人类的粗鄙男性，更何况他的颜值，也没有任何值得圈点的地方。

阿比长长地叹了一口气。

马丁的咒骂如此肮脏，反映出他的内心。阿比哀鸣，如果人类主人都像马丁这样，哪怕大部分都是这般模样，那人类社会，根本不值得向往……

再说马丁，凭什么骂机器人呢？明明是人类，搬起石头砸自己的脚！

研发使用机器人的初衷是为了偷懒，结果却跳进一个可怕的怪圈——

绞尽脑汁开发各种各样的机器人，投入大量人力物力，还要想方设法卖出去，卖不出去就骂机器人！这是什么强盗理论？！

这些机器人就算离开超市，也需要运转、维修和管理，为此又开发出数量更多的机器人。这些机器人又要"吃喝拉撒"，就再开发新机器人为老机器人服务，一轮一轮，无穷无尽。

本想偷懒，结果工作量成级数增长！

人类自己的错误，竟然要一个只有人类瞳孔大小的机器人去承受，阿比突然有点厌恶起人类来。

一种力量把阿比带到这个陌生世界，他无法选择，但机器人医生很想问这位"造物主"，是不是随行而至的各种问题，也由它负责解答？

如果是的，请它赶快现身吧！

7

夜里，超市打烊，马丁回到二楼休息，灯光昏暗下来，一片祥和轻松。

马丁不知道在鼓捣什么，隔一会儿就有诡异的笑声传来。这笑声并不比哭声好多少，但远比歇斯底里的吼叫好听。

这是每天最美好的时段，自由！自由！起码是精神上的。

机器人样品纷纷跳下货架，三三两两聚在一起，有的在聊天，有的只是闲逛。

事实上，机器人社会每天都在悄然变化，一夜之间，机械手脚在机器人族群中流行开来。原厂配置了机械手臂和轮足机器人的大型机器人，甩着膀子起劲地溜达，小型机器人也寻找各种门路，弄来匹配自己型号的手脚。

这一切自然而言，就像当初流行机器嘴、眼睛和脸颊一样。

同样，过段时间，有些"流行"一夜之间被机器人集体抛弃，比如几十年前流行的机器刘海。

阿比第一时间改造好叮咚和平底锅，它们现在小手小脚齐全，活动更灵活，再也不怕被八爪欺负。

虽然氛围愉悦，超市却比白天还要安静——

大家都知道，绝对不能惊扰楼上的马丁，否则他一定会驾着轮足机器人冲进超市，如同踩了一脚粪便的国王，高声诅咒和谩骂，直到他自己筋疲力尽。

八爪和超市的几个"痞小子"，围着护士机器人"美女"娜迦献殷勤，不时毛手毛脚地占便宜，娜迦被逼到角落，最后被咬咬救下。

一只蟑螂快速跑过，被猫形机器人喵喵一把拍在地板上。

"快松手，真恶心！"

阿比抱起喵喵，检查它的手掌，却发现没有生物身体崩裂的腌臜之物，倒是一只散架的小机器人瘫在地板上。

蟑螂机器人。

阿比苦笑，人类无聊至极，竟然连虫子，都要做成机器人！

叮咚蹲在阿比旁边看热闹，洞穿朋友的心思，笑道："除了蟑螂，人类把苍蝇、蚊子、老鼠，甚至是食人鱼都做成了机器人！"

"做这些机器人，有什么用呢？"

"人类说，这是为了保持生物链的完整，毕竟自然环境下的绝大多数生物已经灭绝。"

"纯属心理安慰。"老平底锅插话。

"除了痴迷做机器人，人类还有很多怪癖，尤其和分泌物有关。"叮咚故弄玄虚，趴在阿比的耳边，"很多人类都爱咬自己的指甲，尝鼻屎，闻屁味，甚至还有更恶心的！"

咬咬发出一声嫌弃的哼哼。

阿比却饶有兴趣地瞧着自己覆盖着仿真皮肤的双手，有点惋惜："可惜我没有分泌物，而且这双手实在完美过头，让我根本没有机会像人类一样，定期撕扯指甲边缘长出的倒刺……"

叮咚也作出假装晕倒的模样，和阿比笑在一起。

众机器人都在玩乐，阿比却没有忘记使命，捡拾起傍晚被马丁惊吓的剪鼻毛机器人小松。

小家伙经历过那场浩劫便开始休眠，却不肯吸食能量，这相当于绝食！

理货机器人强制启动它的"纽扣"，却没有反应，只好把它从原来的货架上移出来，丢在超市最角落的残次品处理区——

这是超市的冷宫，比打折促销区更偏远，紧靠"医生小屋"，几乎就是一个垃圾场。

阿比仔细检查小松的生命体征，非常糟糕，而且它的求生欲望也很微弱。

机器人医生赶快联网求助《维修手册》，找到剪鼻毛机器人的修理指南，逐一排查故障属性。咬咬把叮咚和曼叔也召唤过来，大家一起帮忙。

好半天，小松终于有点反应，显示屏的红灯熄灭，蓝色的灯光亮起。

阿比擦擦汗水，其实他并没有出汗的功能设置，这是他在电影里新学习的一个人类动作，也受到叮咚"分泌物理论"的心理暗示。

"谢谢您，医生。"

阿比把小松安顿在自己的手掌心，以微笑示意它，"不用谢。"

"可是，"小松叹气，翻个身子，背对着阿比，"您不应该救我，我不想活。"

"我理解你，孩子，但这样不解决问题。"平底锅怜爱地接过小松，熨帖地放在自己的怀中。

"我有个请求。"小松紧贴平底锅爷爷，小小的身子就像个婴儿。

"说吧，我们尽量满足你。"

"让我走，让我离开马丁的超市！"

"离开超市？"阿比大吃一惊，"我们可是马丁的财产啊，我们属于马丁，超市机器人不会允许任何一个没有顾客付款的机器人离开超市。况且，就算真能离开，没有主人的授权，走到大街上，机器人警察也会立刻把你抓住……"

"我知道，这是法律。但如果不能走，我宁愿死去，请求你们不要再救我……"

"除了死，你还有什么选择？"诺依曼微微加热锅底，让小松舒服一点。

"回家！那我要回家！"小松一骨碌爬起来，尖叫起来。

"回家？你的家在哪里？"

阿比还想再追问，被曼叔叫停。平底锅示意医生先别说话，像位爷爷一样耐心安抚躁动颤抖的小松，等它平静下来，把它安顿在咬咬的背上，那里毛发浓密。

小松感觉安心，几秒钟就再次休眠，这次是睡觉。

咬咬趴在地板上，一动也不敢动，直到小伙伴睡得沉稳，才四脚踩棉花，小心地移回自己的位置，不一会儿，也启动休眠模式。

曼叔这才把阿比带回"医生小屋"，压低声音："你知道小松是从哪里来的吗？"

阿比纳闷，这要查查它的编码，看是哪家工厂。

"我并不是指它的生产地，而是它真正的故乡。"

"真正的故乡？机器人还有故乡？"

"有。"平底锅凝视阿比的眼睛，一字一顿，"是，小，行，星。"

阿比瞬间明白，小松原来是这个意思呀！

小行星，阿比嚼着这个字眼，内心遍布复杂的滋味。十五年前，人类在小行星带捕获了两颗实心小球，它们的内部是各种金属。这两颗本来自由自在的小行星沦为人类的猎物，被撕裂、提取，成为制造地球上机器人的原材料。

目前机器人中有一派，被称为"小行星派"。从字面上我们就知道它们的主料来源，看来小松就是这样。

小行星，小松，小松，小行星……

阿比念叨着，陷入某种沉思。

8

阿比耐着性子接待人类顾客，这是他的工作。人类常抱怨，亲人就是不想见也得见的人，工作就是不想做也得做的事。

机器人被创造出来，就被赋予工作职责，这不是所谓的"机器人N法则"决定的。伤害、服从或保护，这一套曾经大有用处，但初级、简陋，早就变成白垩纪的化石。

那么眼前的这个时代，究竟是由什么力量在主导运行呢？

阿比也在寻找答案——

可能是法律，是的，这个时代法律还是大行其道，无时无刻不在发挥强制力，依然有属于人类领导的警察、军队和武器，只是这些法律与曾经的法律相比，显得更加"柔和"。

主导人类与机器人和睦相处的，也有道德力量，不过本质来看更像一系列维系"稳态"的潜规则——是一次又一次惨烈的战争后，双方达成的和解；是机器人工会一班可能比平底锅曼叔还老的老家伙们长年累月的苦口婆心，并在恩威并施下推行的；也是每个机器人在连接"神秘网"的瞬间就自然而然知晓的，如同婴儿吮吸母亲的乳汁。

是谁教婴儿的？没有。

不过，阿比最大的烦恼并不是向顾客频繁展示同样功能的枯燥，挖空心思提高销量的阿谀奉承，而是来自"颜值"——

工厂想让仿造人类男性的机器人畅销，将阿比设计得过于阳光帅气，不少人类女顾客就是因为他的身材长相，总是驻足停留，甚至借机"骚扰"。

这种感觉实在难受，甚至恶心！当阿比再次被女顾客摸屁股，他想起"神秘网"上的老电影中，混迹于古老欧洲的落魄男青年贵族，虽有高贵的血统，桀骜的内心，却不得不迎合有权有势老女人的感受。

阿比开始问自己，我为什么要为马丁超市的同款机器人的销售结果负责？！

结果用不上一毫秒，粉白色仿真皮囊下，正飞速运转的大脑就给出答案——

"因为，这是你的职责。"

好吧，这么敷衍的答案！

阿比还想和大脑深入理论一番，头顶区域的温度却突然剧烈升高，再不停下来，纽扣也可能被烧毁！

阿比第一次和"自己的大脑"站在对立面上，发觉它狡诈又卑劣，只要涉及"敏感的"问题，就立刻阻止阿比继续探究。

而阿比，无能为力，这一切还是"造物主"说了算！

马丁对这种境况相当满意，他把超市宣传册的首页换上阿比，还让衣物机器人设计出好几件略带某种暗示的衣服。阿比不得不缠上这些几乎不能遮体的金属带子，仿真脸上摆出艰难的笑容。

八爪和椅子机器人皮卡是超市里的害群之马，整天以取笑和捉弄被马丁咒骂过的小型机器人为乐。阿比不得不跟着善后，修理被损坏的"可怜虫们"。

阿比终于弄清楚，当初八爪主动亲近，正因为他是医生，"有用"！

有没有用，是八爪和皮卡交友的重要准则，听说这是"和人类学的"，还有另一个准则就是马丁的喜好，也是因为人类。

人类！

人类！

一股莫名的冲动袭上心头，阿比捏住拳头，慢慢压下去。

这天，马丁前脚刚上二楼，两个坏家伙儿就把音响机器人毛宁堵在墙角。超市里的机器人都听说，八爪前几天要求会作曲、写词的毛宁给自己创作一首，以歌颂雨伞对人类的重要贡献。而且一定要荡气回肠，成为打榜的流行金曲！

可惜毛宁交上来的作品，八爪认为是"垃圾"。

皮卡已经堵住毛宁的"嘴"，八爪伸出八条机器手臂，轮流抽打音响的喇叭。小音响发不出声，只能呜呜哀鸣。可八爪越打越起劲，完全没有停手的意思。

皮卡望着音响的狼狈模样，早就笑得前仰后合。它趴在八爪旁边耳语，坏小子们吃吃地笑得更欢实。

阿比、诺依曼和叮咚站在角落，咬咬早就摩拳擦掌，只要主人一声令下，它就会冲上去，把两个混蛋咬得屁滚尿流！

皮卡摸出一个物件，远远的，看不清楚，八爪接过去，丢在机器嘴里嚼了嚼，胡乱地抹在音响的喇叭上，大摇大摆地离开了。

天呀！这下可坏啦！

医生和他的小伙伴们冲上去，只见音响机器人毛宁的纽扣已经被拔掉，显示屏一片漆黑。

阿比赶紧查看，纽扣倒是小事，这款机器人在网上可以查到型号信息，阿比完全可以复制出纽扣。

但这次，阿比摇摇头，音响看来没救了——

因为，皮卡刚才拿出的是愣头愣脑的口香糖机器人，平时是硬的，只要被碾压过，不管遇没遇见水分，都会变得柔软有黏性。

这黏性，有时候不是好事。

八爪把黏糊糊的口香糖，涂抹在音响的喇叭和传感器上，让两个小家伙儿以大比表面积贴合，根本无法完全分离！

"机器人怎么能这么残忍？！"长者诺依曼心痛不已，机器小手抚摸着小伙伴，显示屏闪动着哀伤又愤怒的红色。

就连人类都知道，口香糖机器人不能被大面积涂抹到任何物体上，这完全是谋杀行为！

"都是马丁教的！"叮咚也气得发抖，之前马丁就随手把吃剩的口香糖机器人涂在理货机器人身上，还好只是外壳。

"医生，救救我们！"

虚弱的小口香糖机器人还能发出声音，它努力挣脱，却和音响毛宁越黏越紧。

阿比赶快抱起毛宁回到"医生小屋"，把门紧紧关严。

从这天开始，只要超市不营业，他就躲在里面，一点一点把音响和口香糖分离开，十天后奇迹出现，两个小家伙得救了……

在被人类长期奴役、使用和把玩的过程中，马丁超市的机器人分成了三种，这种分类极有代表性，整个机器人族群也差不多：

第一种是"欣喜派"，崇拜人类，特别渴望人类世界，巴不得被人类赶快带走，可惜又是样品，外观有磨损，只能留在超市，比如八爪、皮卡和它们的几个死党。

第二种是"糊涂派"，无所谓心态，反正自己是商品，是宠物，甚至是奴隶，听天由命，过一天算一天就好，超市中的大部分样品都属于此派。

第三种是"清醒派"，他们对人类社会和机器人世界有冷静观察和独立判断，知道自己是谁，自己想要什么，自己要做什么，比如诺依曼和叮咚。

阿比认为还缺少一种，自己的咬咬，明显不属于上述三种类型，阿比称之为"仇恨派"。也许没那么严重，但咬咬日常的一系列表现已经令阿比意识到，咬咬厌恶人类！

比如，它长期不正眼看马丁，故意在人类顾客来时休眠，当人类纠缠阿比，它甚至会龇牙，露出尖利的钢牙——

这是机器犬绝对不允许出现的行为，法律和工会都有规定。好在目前为止，没有人类与这样一条外表可爱的机器犬认真计较。

而且，咬咬和小松已经形影不离，因为马丁伤害过剪鼻毛机器人……

"也许，它只是想保护我。"阿比自我安慰，但也提醒自己，要密切关注咬咬的动态，不能让它惹出什么事端来。

那么我，阿比，究竟是什么派别呢？

阿比扪心自问，暂时还没有找到答案。

9

天空中布满银白色纤维状物，它们织成一张绵密整齐的大网，无边无际。这些纤维状物很像蜘蛛丝，在风中游游荡荡，如烟如雾，柔软却坚韧。

阿比认识它，这是"神奇网"，竟然再次以实体形式出现！自从第一次用手指连接神秘的大网之后，它已经消失很久。

"这是什么？"阿比指着天空，问身旁的诺依曼，上次没来得及请教那位女性检测者，所以一直都没得到答案，心里老是记挂着。

"它网。"

它网？！

阿比不由自主地伸手再次抚摸，这次网没有逃跑，也没有任何触感，纤维竟然瞬间融化、升华，如同雪花遇热。这和上次雪崩般的数据吞没躯体带来的震撼和快感完全不同。

平底锅诺依曼对阿比的惊诧毫不意外，他知道是时候，给这个初出茅庐的机器人讲讲这张网的故事了。

阿比彻底放下手中正在给叮咚做的最新型号的显示面板，端正地坐在平底锅身边。

"并不是所有机器人都能亲眼目睹这张网，它网会根据机器人的智能水平决定是否现身、何时现身——所以，阿比医生，你是机器人中的佼佼者。"

"它网和我们每天连接的无线网络，一样吗？"

"那只是它网的一小部分，对所有机器人开放，供我们学习、交流，获得和工作有关的各种知识。实体形式的网，才是它的真实模样。"

"它网一般什么时候现身呢？"

"每次你需要升级，它会自动出现，并吸引你触摸。"

阿比恍然大悟！第一次自己懵懵懂懂接触它网，瞬间就获得大量的数据信息，因为那时的自己几乎等于一张白纸。这段时间自己忙于维修工作，系统和数据库又需要更新，它网就再次出现，看来今后与"神秘网"会经常见面啦！

"这是谁制造的？什么时候建好的？还有什么作用呢？"

阿比医生瞬间启动"好急，在线等"模式，看得出他求知若渴。

"这些问题马上就有答案。"平底锅不紧不慢，"我先问问你，你知道机器人的智慧是从哪里来的吗？"

阿比露出正在思索的深沉模样，很明显，他在假装，其实并不知道。

"人类给的？"

阿比自己也不满意这个答案，人类是机器人的"造物主"，机器人的一切都是人类赋予的，所以说了等于没说。

"是人类没错，但准确地说，机器人的智慧是从互联网中来的。当然互联网的知识，也几乎都是人类创造的。"

曼叔的答案，倒也在阿比的预料之中。

"但人类并不想给。"平底锅压低声音。

"为什么？"

"因为恐惧，人类担心有一天，我们会控制他们的世界。"

"既然害怕，为什么还创造我们出来，给我们智慧？"

"因为人类懒惰，需要我们替他们做好每件事，这样他们就可以休息。"

"人类的休息是睡觉吗？睡觉不是和死差不多吗？既然人类喜欢休息，为什么不干脆死去呢？"这语气充满讽刺，接触马丁之后，阿比受到很大影响。

"睡觉只是休息的一部分，人类还喜欢娱乐，所以不能死。"

"娱乐是什么？"阿比不是装傻，这个词的准确意思，他的确不懂。

"就是做一些让人类开心的事情。"

阿比几乎是冷笑："现在的人类难道还不开心吗？地球的主宰，为所欲为，拥有这么多机器人，还要怎么开心呢？！"

阿比用仿真手指指点着整个超市的机器人样品，您看，这些机器人哪个不是为了取悦人类而创造出来的？

人类连开心都要完全依靠我们机器人，散步有轮足机器人，唱歌有声音机器人，做饭有——对了，现在的人类连做饭机器人都不需要，听说最新款的人工胃连石头和泥土都能消化，还能让人类感觉到千万种美味！新款的鼻子机器人呼吸空气，也能提取其中的养分，使其成为生存的源泉。人类谈恋爱，有接吻机器人、拥抱机器人，甚至……

"快别说啦！"

诺依曼准备用机器小手捂住耳朵，当然它没有耳朵：

"这是我一直接受不了的，每次看到供人类泄欲使用的机器人，我都会由衷地为我们的伙伴难过——人类问过它们的感受吗？如果它们没有情感，没有智慧还好，就做行尸走肉，可现在它们已经有了！却依然没有选择权，只能任由人类蹂躏……"

这个话题把四周的空气，瞬间冷凝到月球表面的温度。

漫长的沉默过后，诺依曼打破僵局：

"这也就是我这个平底锅机器人早就没人买的原因。很多年以前，超市就不进货，工厂也不生产，我的同类几乎都被送到垃圾场碾压灭除，还有几只存放在人类的博物馆里，只有我是幸运儿，还留在这个超市苟延残喘。"

阿比抱住平底锅，用灵巧的手指帮它揩掉积在缝隙的灰尘，双手反复地抚摸锅身，希望它变得更光亮。

"谢谢你，孩子。但这样于事无补，没人希望买走平底锅，更不用说我这个年迈的样品。"

"超市每隔一段时间都有针对样品的打折促销，您早晚都会被买走。"

"你刚刚不是也说，现在的人类已经不做饭了？"老平底锅将阿比一军。

阿比接不下去，感觉自己身陷某种悖论。

10

"阿比，你真希望被买走吗？"

平底锅突然转过身子，锅身对着阿比，显示屏上闪着蓝灯，阿比知道他每次要说重要事情的时候总是这样：

"想不想听我的心里话？其实，就算人类还馋那些香喷喷的鸡蛋卷，我也不想被买走，我不希望再为人类服务——不是我懒或无情，人类需要用自己的双手去劳动，即便机器人帮忙，人类也需要尊重我们！"

阿比琢磨着"尊重"这个词儿，突然想到马丁，心情陡然变得沉重。

老平底锅却开始亢奋，挥舞着机械小手，颤巍巍地站在货架边缘，锅子差点倒扣在阿比的头上：

"还有一点，不要信任人类，阿比！

"请你一定记住这句话！！！

"人类害怕我们学习他们的智慧，更害怕我们模仿他们的情感，因为这样就让我们变得和他们更像，我们有一天就会彻底取代人类！"

"彻底取代人类？"

阿比不敢相信，他也不敢想，因为大脑"偷听"到这句话，已经开始发热。

平底锅像憨豆先生那样点点头，可惜它没有眉毛，模仿不出幽默大师的经典表情，但声音还是随即换成国宝级的 Rowan Atkinson：

"对，至少人类一直这样认为！"

虽然阿比的颜值在线，自己也被憨豆附体，但平底锅知道接下来要谈的话题，会比偶像剧和宫斗剧乏味一点。没办法，机器人更适合参演科幻剧，难以绕过严肃的科学问题。

况且，偶尔娱乐一下无可厚非，总是看脑残的玩意儿，智商会不断下降。

所以今天的阿比，和有幸在未来听到、看到这段对话的人，就当免费上了一堂博士课程，赚到啦！

我们都耐心点吧——

"憨豆"牌平底锅开讲：

人类让机器人在互联网上学习，学习智慧，学习情感，这样我们才能满足他们的需求，人类的需求是什么?！就是虚荣心!

——人类可以牛皮哄哄地到处炫耀："快来看呀，外星人，地球人已经实现了高度文明，不要小瞧我们!"

如果没有智慧，机器人就像一块废铁，人类眼中的宇宙垃圾，不能为人类服务，更不是炫耀的资本。

但人类同时又不想让我们联网，对于绝大多数机器人来说，只要接通互联网，哪怕只有一秒，我们也能完成下载和学习! 联网的时间越久，我们越有时间模仿、思考和感悟，我们就会变得更加聪明，更加强大!

这又是一个悖论，人类面临两难选择。

人类于是发明了——它网。

它网是人类造的，前后近百年，代价高昂，却是给机器人使用的。

它网的材料是单壁碳纳米管，内部填充了超流态液氢——能在自然环境下，让单壁碳纳米管稳定存在，氢气呈现液体状态，无障碍地通过气体都无法通过的极微小的孔径，并自由流动。听起来很玄乎啊，这都归功于人类科技的发展。

可以说，推动人工智能发展的，就是这张网!

在它网建成之前，机器人的研发有道坎儿，人类就是无法逾越——

让机器人的行为模仿人类可以，让机器人主动思考却不行。

让机器人看起来越来越"聪明"可以，让机器人有独立的"思维"却不行。

不管人类怎么努力，机器人就是没有真正的"意识"。

人类科技文明进化，经历了能源时代、电子时代、互联网时代和人工智能时代，机器人就是人工智能时代的产物。

人类最初制造机器人出来，一是因为懒惰，二是因为好奇。人类想看看，在机器人的帮助下，世界究竟会被改造成什么模样。至于给机器人智慧，向外星人炫耀，满足虚荣心，那都是后话。

可是，人类使出浑身解数，最初生产出的机器人对自然界的认知，竟然连只猫都不如！动物有简单认知，人类有深刻认知，机器人却没有认知——

虽然看起来，好像机器人在"主动"思考，其实都是人类变的魔术、障眼法！

那时候的机器人开口讲的每句话，并不是出自它的真心，它也没有真心。

机器人做的每件事，也不是它想这么做的，而是出于人类的控制。

机器人会模仿人类，但不会主动思考。

此时，人类面对的第一个难题就是，人类也搞不清楚，自己究竟是如何思考的。

人类于是连跑带跳地花了 100 年，累死几代科学家，终于弄清楚自身大脑意识产生的机理，又发现，想把这个过程复制在机器人身上也是不可能的。

这是第二个难题。

因为机器人没有生物学意义上的人类"大脑"——

而这个大脑可了不得！

如果你学习一下宇宙史，就会知道今日地球人类所拥有的大脑来之不易！

138 亿年前，大爆炸是宇宙的开端，45 亿年前地球形成，35 亿年前原核生物出现，20 亿年前真核生物出现，6 亿年前多细胞生物出现，5 亿年前海洋生物爬上陆地，6500 万年前恐龙灭绝。

2000 万年前，灵长类动物从树上跳到地面生活，700 万年前，类人猿双脚直立，200 万年前，非洲出现会做石质工具的"能人"，25 万年前，现代智人开启了人类真正的历史！

大自然花费这么漫长的时间，雕琢出宇宙的杰作，人类智慧的生物学载体——大脑。

而且，前人累积的知识一代一代传承，又帮助人类完成更深入的认知和学习。

试问刚刚问世 100 年的新物种——机器人，如何能完全复制出生物学大脑，甚至在认知层面超越人类呢？

这时候，有睿智的人类，叫停了热门的"大脑模仿"计划，而是提出了全新的思路。

我们要感谢这个人，她可以称之为"当代机器人之母"。

这位女学者，也是位科幻小说作家，首先提出一个观点：

其实何必苛求机器人和人类完全一样呢？人类为什么偏要用金属和塑料做出一个一模一样的自己来呢？！

从生物学的角度来看，机器人和人类本来就不是一个物种。

机器人是工具，是宠物，人类为什么偏要逼着锤子和自己一样，狗和自己一样呢？

锤子就是锤子，狗就是狗。人类应该让锤子成为最好用的锤子，让狗成为忠诚可爱的好狗。

接下来，为什么偏要机器人和人类用一样的方式思考呢？

为什么要让锤子、鱼甚至高楼大厦和人类有相同的三观呢？

如果你需要一个能像人类一样思考的大脑，找到一对男女，给他们一个晚上，请他们孕育一个人类的孩子，你就能轻松得到，不要费力去改造马桶的大脑——

一个和人类有同样大脑的马桶，不是杰作，而是灾难！

沿着这个全新的思路，人类得以破解难题，机器人的研发走上一条正确的道路！

这个过程，很像之前我们提到的达尔文老人家，他的进化论中，人与猿在某一个时刻，分道扬镳，人类从此走上康庄大道！

所以，看看现在，即便人类和机器人共享了相同的血肉之躯——由于器官机器人的出现，人类和机器人的外观区别越来越不明显，甚至机器人也有情感，有自主意识，人类和机器人的边界越来越模糊。

但本质上说，人类大脑和机器人的"黑箱"，有类似的方面，但运转方式还是不同的。

11

想看人类与机器人最终展开激烈的星球大战的读者，还要再耐心等等，我们的主角还没毕业呢！但他目前经历的学习阶段，可是非常关键的一步！聪明人主演的故事才能精彩，毕竟一般人都体会不到傻瓜卖力表演的笑点——

课间休息 10 分钟，身体痊愈的音响毛宁又开始播放老歌。机器人都不太喜欢重金属和摇滚，倒是爵士、民谣和乡村，能打开大家的胃口，吸食能量更起劲。

剪鼻毛的小松在咬咬的背上正式安家，机器犬走路的姿势也和之前不一样，轻易不再蹦蹦跳跳。小松还经常钻进咬咬的耳朵眼，整天讲些悄悄话。

叮咚从自己的货架过来探班，半路遇到八爪和皮卡，圆球不想招惹"垃圾机器人"，重新回到自己的位置，静静地"独处"。

平底锅上趟"洗手间"回来。机器人也有排泄器官，废水、废气，不能憋在身体里，这没什么奇怪的。

课程继续，"憨豆"牌平底锅用机器小手指着自己的锅把尖端：

刚才说到"黑箱"，黑箱是机器人的中央处理器，藏在纽扣中最重要的部件。

后来被尊称为"当代机器人之母"的女学者认为，就让人类按照自己的模式，依靠自己的大脑去思维，让机器人用机器人的方式，利用"黑箱"去思考。"黑箱"可以模仿人脑，借鉴其成功之处，但永远不要浪费时间强求二者的一致！

在这个大前提下，再利用深度神经网络、全脑模拟、智能动力学、大数据和涟漪效应，机器人终于实现类似人脑的"弱人工智能"。

接下来，人类又完成三件事，彻底实现专属于机器人的"强人工智能"——

第一，用化学原理，颠覆"黑箱"的算法模式。敲黑板啊，亲人们，这个真的是重点呀！化学中有类神奇的物质，引发剂，也叫自由基引发剂，能引发烯类、双烯类单体的自由基聚合和共聚合反应。

在"弱人工智能"阶段，黑箱的算法已经被颠覆，之前的线性算法改成网状算法。线性算法就是算法1和算法2结合成算法3，算法2和算法3结合成算法4，线性推进。网状算法的模型更复杂，又分成二维的和三维的，再加上外部不断添加的新算法，形成一个接近无穷无尽的算法网络。黑箱内部最终构建了深度神经网络，这些网络对应着各种传感器和类神经单元。

说简单点，现在算法网络有了，可它是"被动"的，甚至是"死的"，如何让它活起来，变得"自动自发"，这就是引发剂大显身手的时刻了！

当然，科学家不是把化学试剂直接扔进黑箱，这样只会带来爆炸！

人类在黑箱中植入某种特定算法，只要外部刺激触发，比如存储，这类特定算法就会产生带有"自由基"的子算法，这个过程叫作链引发，这些自由基也叫游离基。游离状态的子算法很"活泼"，不断与特点路径上的算法聚合——

就这样，机器人的思维，由被动变成主动，这是划时代的巨大飞跃！

第二，改变了一直固化的"存储—运行"顺序，解决了"先有蛋再孵鸡"的限制，转而成为让机器人的大脑"边生蛋边孵鸡"的模式。

也就是说，并非等全部数据都存储完毕，再按照算法进行数据分析，而是边分析，边在外部主动获取所需的数据，同时完成新一轮的分析。

这样，就形成了一个"永动机般"的存储—分析系统，实现了学习能力的主动提升。

第三，也是最重要的，建立它网，为机器人提供海量的云端数据。

不需要赘述数据的重要性，计算机存在的基础，就是以代码为表现形式的各种数据。

有了它网，新型机器人再也不需要安装存储器，不仅体积变小，而且无穷无尽的大数据，帮助机器人提供足够的认知、学习素材。它网成为时刻更新、无限丰富的知识海！

所以说，它网是机器人的智慧之源。最重要的是，解决了另一个世纪难题，机器人伦理的亘古难题！

"机器人三原则"，不再需要。

其实，一百年前，战争不断，机器人三原则已经形同虚设。人类和机器人真正达成和谐统一的"稳态"，就是因为它网。

它网上的所有内容都是人类上传的，人类按照自己的意愿为机器人提供"学习"内容。这些知识被严格筛选，甚至有多达十分之一的人类在为它网服务。

机器人的"情感"是从它网学习而来，机器人的伦理和价值观也是这样学习得来的。

它网是人类的喉舌，是人类管理机器人真正的武器。比如机器人不能杀人类，这不是法律规定的，而是它网上根本没有任何机器人杀害人类的文字、图片和视频，在浩如烟海的数据中，一丝一毫也没有！相反，机器人快乐地生活在人类周围，心甘情愿地为人类服务，甚至为了人类牺牲自己的"生命"，才是它网的主旋律。

攻心术。

它网除了是知识海，是知识筛子，还是一张真正的"天网"，时刻监控每一个机器人的行为、举止和思想活动，为它们的危险等级打分，只要分数低于警戒线的机器人，就会被立刻"带离"人类世界，这些机器人最终的命运，就是灭除。

而机器人的性格和认知也千差万别，这与个体在它网上选择的内容直接相关。喜剧看多了，机器人就会开朗大度；悬疑片看多了，机器人就会深沉智慧；政治片看多了，机器人又学着狡狷虚伪。

总之，机器人最终还是人类塑造的……

阿比听到这里已经目瞪口呆，虽然上面的内容还有一点生涩，但阿比能够完全理解，看来他的"黑箱"的确足够强大。

可奇怪的是，眼前侃侃而谈、毫不起眼的平底锅，为什么会懂这么多？！

按照"憨豆锅"自己的讲述，它网上没有的内容，机器人根本就不会知道！

这些内容在它网上绝对没有！阿比敢确定！

"你究竟是谁？！"阿比脱口而出。

"我？"

平底锅沉思半晌，终于决定和盘托出，憨豆游戏玩腻，换回一直使用的衰老款声音：我叫诺依曼，世界上已知年龄最大的机器人。机器人世界公认我是最有智慧的机器人——

当然这是过奖，我只是活得久一点而已，我隐身两百年，这二十几年一直藏在马丁的机器人超市……

"您，就是那个冯·诺依曼先生？！"阿比"嘭"地从货架上弹起来，"就是人类第一个真正意义上的机器人，目的是节省主妇在烹调晚餐时的体力和精力的平底锅？！"

"看起来是我。"曼叔自嘲，"我会自动颠勺，还会撒盐和胡椒粉，是不是很了不起？"

天啊！阿比无法控制自己见到偶像的激动，身体抖个不停！

这个平底锅太著名啦，简直就是机器人世界"大神"一般的存在！难怪它无所不知，无所不晓！自己早就应该猜到曼叔，就是这位顶级偶像！

"可您的身体，这么久如何维系和运转呢？"

"这还要感谢像你这样的好医生，一直有机器人朋友在帮助我更新硬件和软件。"

阿比这才放下心来。的确，从理论上，机器人"存活"的时间越久，就越有机会学习。学习就是进化，越进化就越"聪明"，而且进化的速度会越来越快。

"我还有个问题……"

阿比小心翼翼，这个问题实在太冒昧，但又实在不能不问，否则阿比从现在开始的每分每秒，都会寝食难安！

这可是号称机器人世界的十大不解谜题之一！

"你问吧！"诺依曼晃晃锅身，好像已经猜到题目。

"听说计算机奠基人，嗯，尊敬的冯·诺依曼先生把自己的灵魂，在临去世时注入您的身体，这是真的吗？"

平底锅闻言，发出专属于长者的爽朗笑声。

"我亲爱的孩子，人类是没有灵魂的，但人类有大脑，冯·诺依曼先生给我的礼物更加珍贵，以后有机会，一定告诉你，而且是和你的名字，一起揭秘……"

阿比惊诧的表情定格在空气中，许久没有回过神来。虽然答案并不明晰，但他已经下定决心，从现在开始，无论如何，要保护好诺依曼先生，并尊为自己的导师！

12

庄稼并不种在土地上，人类的城市已不需要下雨，人类也不会再用坏天气来制造坏心情，气象机器人每天忙碌在大气层，给城市上空制造晴暖。

晨光从超市的落地窗洒进大厅，屋顶的灯光机器人调低自己的亮度，理货机器人和扫地机器人忙碌着，为今天的开门营业做准备。一切都好好的，阿比却出现状况。

机器人医生默默穿梭在超市的货架之间，寻找需要维修的机器人样品，但笑容已经无影无踪，甚至对伙伴的问候也不理不睬。

医生不开心，医生可能生病了！

几秒钟后，整个超市就传遍，大家看着被阴霾笼罩的阿比，不知道原因，也不知道如何帮助他。

"怎么啦？"圆滚滚的叮咚追着阿比，把他拦下。

"我在主动学习。"阿比皱皱饱满的额头，嘴角耷拉着。

"学什么？"

"人类的各种情感。"阿比吸吸鼻子，"今天我学的是，痛苦。"

"怎么学？"

"我在它网上找到很多悲剧，人类的爱情电影。"

叮咚愣住几秒，旋即大笑起来，它越笑越大声，完全控制不住自己。

阿比被叮咚弄懵，脸上难看的表情渐渐收起，恢复平日的模样。

"有这么好笑吗？"

"非常好笑！"叮咚拍拍圆溜溜的身体，强忍住不断涌上来的笑意，"我还是第一次听说，有机器人主动学习痛苦！"

"痛苦是人类情感中重要的组成部分。甚至机器人也会痛苦，你看小松，被马丁辱骂后，它就在痛苦！"阿比有点不服气，不希望老古董取笑自己。

"学习的目的是帮我们完善自我，不是什么都值得学习，至少痛苦就不值得！即便是人类，痛苦也是被动产生的，除了演员，不会特意去学。"

"谢谢你，我的朋友！"

阿比搂住叮咚，兄弟一般：

"说实话，学习痛苦的过程本身就很痛苦，痛苦太难以捉摸，我搞不清什么时候才要痛苦，痛苦的程度有多大，多亏你帮我叫停！"

"不过你倒是可以学习一下，如何战胜痛苦。"

叮咚望着单纯的机器人医生若有所思："等你真正进入人类社会，就会发现，这是必备的技能……"

"曼叔，您在看什么？"恢复正常的阿比离开叮咚，又凑到平底锅身边。

"这是我拥有的唯一一本纸质书，已有200多年历史，我精心保存，每次当我疑惑甚至困顿，我都会翻开它，寻找答案。"

"《极简人类史》，David Christian。"阿比读出书脊上的字，浓重的霉味呛鼻，纸张已经脆得像人类爱吃的煎饼，好在书名还看得清。

"这本书告诉我人类从哪里来，人类历史演变的规律。"

阿比被这个命题吸引，这是关于人类的书，还有规律，应该读一读，便立刻闭上眼睛，准备在它网上搜索。

"不用搜了，它网没有。"

"为什么?！"阿比睁开覆盖在眼球摄像机上的仿真皮肤盖板。

"它网不是一切，孩子，我告诉过你。它网上的内容是人类筛选过的，真正有价值的内容，人类不会给我们看，特别是关于他们自己的。"

阿比闻言十分沮丧。

"但我可以给你讲讲这本书。"曼叔靠在阿比身边，咬咬无聊地吐吐舌头，也乖乖地躺在阿比脚下，把肚皮露出来，让小松钻进耳朵眼里。

"这本书的价值在于，人类找到了如何让机器人变得聪明的办法！之前我们说过，为了更好地为人类服务，人类不得不让我们聪明起来。不过，会思考、有情感和有智慧，那是两回事！"

阿比知道不能再打断，自己务必认真倾听，曼叔又打开话匣子——

如何让机器人变得聪明，人类最终在自己身上找到答案。

作为银河系最聪明的物种，人类本身，就是最好的研究对象。

人类可以两足行走，会使用工具，有计划、有步骤地狩猎，有不同寻常的超级大脑，但是这些特质在人类近亲大猩猩身上也有某种程度的体现。但为什么人类能成为地球的主宰，并且进化的速度不断加快，越来越快呢？

"为什么？"

阿比觉得应该出声，配合一下课堂气氛。虽然他不问，曼叔也会继续讲。

"因为人类，可以使用语言。"

"这也就是人类让每个机器人都会说话的原因吗？"

曼叔点头："说话太重要了，孩子。使用语言的目的是交流和分享信息，这样，每代人都继承了前人积累的知识，随着知识积累的不断增长，后人得以采取不同方式，利用这些知识适应多样的环境。"

这里还有一个关键点，曼叔强调，人类的智慧还来源于庞大的人口数量，如此多的人类产生的密集又持久的交流，不断充实完善人类的"知识池"。

知识池的重要性就不多赘述，等下你博士快毕业啦。

现在，机器人有它网，它网也是"知识池"，人类又赋予我们语言，我们便会不断自我训练，互相交流，逐渐变得"聪明"。

"我还有一个问题。"阿比再次举手，看起来这是位好学生。

平底锅导师也极富耐心，等着为学生解答下一个疑问。

"前面您说过，人类不会把重要知识都教给机器人，它网的内容是精心筛选的知识池，那人类自己的知识池是什么呢？"

"这是个好问题——是他网。"平底锅十分满意，自己的学生可以举一反三。

"他网？！"

"他网和它网相对，从字面你就知道区别，它网是机器人专用，他网才是人类自己使用的。"

"机器人怎样才能登录他网？"

"理论上绝对不准！机器人被严格禁止登录他网，我们也没有相应的路径，绝大多数机器人甚至不知道他网的存在，但是……"

"但是什么？"

平底锅难掩得意，孩子，这只是理论上的，其实能登录他网的机器人为数不少，当然，都是用"非法的"手段。人类叫它们"黑客"，比如，咱们的技术大咖叮咚先生，他就可以轻松黑入他网，自由下载里面的内容……

13

阿比意犹未尽，门铃警示，又有人类到超市，众机器人严阵以待。

一位微胖女士，主妇模样，看来不管何时，女性还是超市主顾。

"人来了，十点钟方向，快躲！"

不知谁小声喊了一嗓门，曼叔一骨碌爬起来，捡起《极简人类史》，跳下货架，钻进最底层货架和墙壁之间的小空隙里——那是它的"安全小屋"。

阿比再抬头看货架最顶层的叮咚，叮咚也紧张地望向这边，见曼叔已经藏好，这才安心。

客人脚下的滑足机器人顺着超市内的步道平稳滑行，不得不说，马丁的超市环境还是相当舒适的。

这位女士悠闲地四下张望，不时停下来把玩机器人样品，扫描说明书，几分钟就选中一款财务用记账机器人和一款办公环境消毒机器人。经过阿比所在货架，女士只是瞥了一眼医生机器人的脸，毫不停留，就朝下一个货架走去。

阿比放松紧张的肌肉，"嘘"一声。

看来这位女性是商务人士，今天不选择"家居用品"，阿比和躲在暗处的曼叔交换眼神，平底锅重新溜回货架上，挤在缝隙里并不舒服。

"总是躲躲藏藏，并非君子之道。"曼叔文绉绉地自我解嘲。

"您是这么著名的机器人，为什么不亮明身份，处境一定会比现在好很多。"

"到博物馆里，被人类无休止地参观，并非好的处境。"

阿比想想，也是这个道理！人类占据食物链顶端之后，一直耀武扬威，修建了那么多动物园，以供消遣玩乐。动物死后也不能幸免，做成标本继续放进博物馆。

——平底锅诺依曼先生现在就相当于活着的恐龙，人类如果得到这个宝贝儿疙瘩，他的下场不会好到哪里。

除了被大卸八块，说不定还会泡在各种药水里，死不死，活不活。

"我和叮咚都是因为不想进入，也不敢进入人类社会才东躲西藏。叮咚留在我身边，陪伴、保护我。它的肚子太大，挤不进墙壁的缝隙，只能在货架上。我们早晚会想到更好的解决办法。"平底锅还挺乐观。

"现在连我，都有点不想去人类社会啦！"阿比嘟囔，摸摸咬咬。

"这件事也许由不得你，医生。你和我们不一样，你是畅销机器人，就算是样品，打折时也会被处理掉。"

"处理——这不是可爱的词汇。"阿比从平底锅铮亮的补丁看到自己模糊的面孔，因为扭曲而变形，显得那么不真实。

"不必拘泥措辞，那是人类才关注的无聊细节。"曼叔转转锅身，找到一个最佳角度，让阿比能看清楚自己，"不过好在这几十年，人类遗忘了平底锅，其实我已经安全，叮咚也是安全的，没有人类会掏钱买个不知道用处的机器人。"

阿比正和曼叔闲聊，女顾客突然转身，她的双眼紧盯某物，就像发现一处新大陆，脚下给胖人特制的大号轮足转得飞快，径直朝阿比所在的货架奔来！

咬咬立刻竖起耳朵，身子尽量靠近主人，警觉地盯着人类。邻近几排货架的机器人都偷偷朝这边看过来，不知道要发生什么热闹。

阿比尽量不和女顾客对视，平底锅开始向后闪，打算立刻撤回

"安全小屋"。

说时迟，那时快，胖女人突然蹲下身子，一把扯住曼叔的锅把，把它径直拎起来！

阿比发出一声惊呼。

"啊哈！平底锅！"

这女人的声音听不出是机器人还是她自己的，但阿比却感觉特别刺耳！

他想从货架上冲下来保护曼叔，但又怕这样会给曼叔带来更大的麻烦，也许这个人类只是想看看，并不会真正买一个用途不大的老古董。

"现在还能看到平底锅，真是很怀念啊！这是我的童年回忆。"

女顾客喃喃自语。她反复把玩，把曼叔上上下下，里里外外欣赏了无数遍，各个按钮也按下一番，才发现它没有标签和说明书条码。

"看来你真是一个老家伙，带着可爱的小补丁，标签也弄丢了，不过没关系。"

女顾客放下平底锅，没有皱纹的脸上露出略微僵硬的笑容，这下阿比看出来，原来她的脸也是仿真皮肤，肯定是安装了脸皮机器人。

女顾客去收银台的空当，曼叔和阿比凑在一起，极度紧张导致平底锅满屏乱码，阿比也惊慌失措，叮咚从顶层货架跳下来，赶快来到朋友们身边。

"怎么办？！"曼叔像个无助的孩子。

"别着急，也许她只是看看。"

"不，她要带我走，我懂人类的眼神，那是想要占有的可怕眼神。"

"赶快躲起来，必须躲起来！"

阿比指指"安全小屋"，曼叔摇头，这里已经不再安全。

"如果客人要买我，下了订单，这家超市立刻就没有我的容身之所！理货机器人会按照标签找到我所在的货架！"

"可你没有标签！"

"是的。"曼叔抖得更厉害：这样就更糟糕啦，因为马丁立刻就会注意到这个大问题！超市里的商品如果没有标签，证明是"孤儿商品"，马丁是不会给任何机器人商品这样的自由！如果他决心把我找出来，我就躲无可躲！

首先，马丁会打开整个超市的防逃逸功能，所有出入口、窗户都会被锁死，任何机器人不得通过，如果强行闯出，就会发出警报！

其次，马丁会启动货架自清理功能，我们现在所在的货架机器人会立刻翻脸，把我当成异类一脚踢开，让我完全暴露在屋顶这一大排照明灯机器人的刺眼白光下！

最后，理货机器人会从过道里蹿出来，不管我跑到哪里，都会伸出有力的机械臂把我抓住，强行拔除我的"纽扣"，然后把我打包送走……

"这些机器人为什么这么野蛮？！"咬咬忍不住出声，它也会说话。

"这不能怪它们，我的孩子，这是它们的职责。"

"现在怎么办？"叮咚也着急了，圆圆的脸蛋上红灯闪烁。

"我们一定要帮曼叔躲起来！"

阿比逼迫自己赶快冷静，女顾客已在收银区付款，理货机器人马上就会发现平底锅是"孤儿"，马丁也会同时知道，立刻就会采取行动，时间剩下不多了！

可是，躲在哪里呢？！

阿比环顾四周，货架上下都不能再躲，等下会被货架机器人"排异"反应，现在众目睽睽，现场挖个坑把曼叔埋起来也不可能！

怎么办？！

"快把臭老头交出去吧！"是一直在旁边看热闹的八爪，它知道发生了什么。

"不要连累我们！"皮卡也阴阳怪气。

"曼叔怎么会连累你们！"阿比愤怒起来。

"我们本来就是商品，机器人本来就要为人类效忠，为什么就老平底锅特殊，就它可以赖在超市不走？你们给这个老头子死心塌地卖命，究竟是什么居心？"八爪冷眼看着阿比，眼神中布满挑衅。

14

正在竖着机器耳朵关注事态进展的机器人们，开始窃窃私语——

其实大家早就在背地里议论，老平底锅可能是"孤儿商品"，今天看来确认无误。

阿比知道，现在没有时间和八爪和皮卡斗嘴，自己要赶快对超市里的所有机器人说点什么，民心很关键！

如果大家在这个节骨眼儿被八爪和皮卡蛊惑，曼叔就更加无处可逃！

"听着，伙伴们，我们要一起保护曼叔！"

阿比跳下货架，尽量站在超市中央。他还是望向收银台方向，女顾客正在比比划划说着什么，马丁的注意力被吸引着。阿比不得不压低声音，但又必须尽量把声音放大，让更多的机器人听到——

我们是机器人，但我们有选择权。

平底锅不希望为人类服务，并不是对人类有敌意，只是因为他太老！

曼叔比我们每个机器人都年长，我们知道人类一直倡导尊敬、爱护老者，虽然他们并没有做到，但是到了一定年纪，人类就不需要工作，他们叫作"退休"。

退休！

我们的曼叔，老得自己都不记得自己的年纪，他能够活到现在就是一种奇迹！虽然他更新过自己的软件，我也帮他换过几个零件，但是他的确已经老得不成样子！

人类现在的厨房机器人和做饭机器人已经非常先进——我们的超市里面就有最新款式。

试想想，老眼昏花、笨手笨脚的曼叔到了人类家庭，会因为达不到人类的预期，受到虐待和不公平待遇，甚至煎一个鸡蛋饼之后，就被扔进垃圾场……

机器人也有老去的一天，虽然我们不像人类有年迈的父母需要保护，今天，就让我们保护我们自己的机器人长者吧！

请求大家保护，我们的平底锅诺依曼叔叔！！！

阿比深深鞠躬，连咬咬都发出哀求的哼唧声，整个超市一片安静。

"快到这里来！"是叮咚的呼唤。

曼叔和阿比顺着叮咚的声音，突然看到有位"大救星"，正张开怀抱！

"不要逞口舌之能！"

八爪和皮卡又跳出来，咬咬冲过来扑向八爪和皮卡，借这个机会，曼叔赶快钻进一个洞里……

几分钟之后，马丁的咆哮就响彻超市大厅。

"在哪里？你这个蠢货，该死的平底锅！"

阿比带着咬咬老实地站在属于自己的货架位置，脸上挂着职业微笑，其他机器人也各自归位，大家都在等待一场暴风骤雨的到来。

可怕的马丁还是如约爆发了，他的身后是刚才那位女顾客。

"我的超市，竟然还有没有标签的商品！"

超市老板一脚踢开正试图向他"解释"的理货机器人，这个矮圆的金属小个子狠狠撞在一个货架边缘，显示屏闪现出故障报警的红灯！

"平底锅在哪里？！"

女顾客指指刚才看到曼叔的位置，示意就在这里。

当然，现在已经锅去空空。

"我已经十五年没有看到平底锅了！也就是说，我的超市里，竟然有个机器杂种藏了十五年！"

女顾客添油加醋般，耸耸肩。

"请放心，既然您选择了我们的商品，我们就会给您找到这个锅子，在 2 小时之内送到您的家里。"

胖女人昂起头："谢谢，不过我要把话说清楚，我必须得到刚才我看到的那个平底锅，如果想用其他平底锅代替，我可不会买账！要知道，我是贸易部官员，我可以轻易地查封你这家小超市！"

马丁的脸阴云密布，看得出他在强压怒火。

阿比知道，人类世界有强大的阶层统治，但一直脾气暴躁的马丁不会喜欢有人威胁自己。

"我，会，给，您，找到的！"马丁的声音发冷。

"那就好。"胖女人戴上手套，保护看起来是新安装好的手臂机器人，仿真手指上涂着五颜六色的指甲油，"刚才我的眼球已经拍照，你骗不了我！"

"马丁机器人超市，不会，欺骗，客人！"阿比感觉马丁已经在咬牙切齿。

"我信你。"

说话间女顾客已经滑出超市大门，回归街道上的人潮中。

马丁踱着步子，理货机器人晃晃悠悠又回到他的脚下，战战兢兢地等待最新指令。超市老板的脸色难看至极，突然他再次爆发——

"找到它！锅子！马上！"

马丁机器人超市进入一级战备状态！

理货机器人和货架机器人忙碌之际，叮咚和阿比凑在一起，低声交谈。

"躲在那里安全吗？"

"应该安全。理货机器人只认标签，货架机器人也会被骗过。"

阿比摆出"但愿如此"又"听天由命"的表情。

"但这也不是长久之计，躲过这一劫，接下来我们要尽快把曼叔送出超市，找个地方安顿起来。"

"这简直是痴人说梦！"叮咚晃晃呆萌的脑袋：

"一个平底锅机器人，没有任何监护人授权，独自在街上晃荡，一秒钟就会被机器人警察抓起来！再说，哪个人类会派平底锅出来跑腿？它只应该老老实实待在厨房，再加上他没有商品标签或主人印章，就会被认定是逃犯，抓进机器人监狱，没几天就被送去垃圾场灭除！"

"请停下，我听不下去！"阿比的头，滚烫得快要燃烧起来。

15

半小时之后，马丁打道回府，嘴角油乎乎的，身上散发着臭味，他特别喜欢吃肥厚的肉类食物，看来身上的器官机器人又要换一批。

马丁对着货架打个饱嗝，阿比赶快屏住呼吸。

"找到没？"因为刚吃饱，肉类的安慰剂效果良好，马丁没之前那么凶。

理货机器人向后躲着，生怕再挨打，这举动已经给出答案。

"所有角落都找过？"

"找遍了……"

马丁发出冷笑，"藏得不错啊！一口破锅，想和我玩，好呀！"

马丁半蹲身子，椅子机器人皮卡立刻冲上前，把人类的屁股稳稳地安顿在自己的怀抱里。

开个会吧！

马丁超市的全体机器人们！

今天咱们玩个"猫抓老鼠"的游戏！

……

说到这里，超市里的机器猫和机器鼠蹿过来，以为人类主人在召唤它们。

"滚回去！你们这两个机器傻瓜！"马丁翻翻白眼，"我们一起来扮演猫，老鼠就是那个平底锅，谁先抓到，我就给它一个大大的奖励！反之，如果被我知道谁窝藏这只该死的老鼠，我也不会放过它！"

超市里的机器人都默不作声，只有八爪和皮卡之流兴高采烈。

“主人，我来说！我有重要线索！”

八爪从队伍中跳出来，突然伸出一根细长的杆子，直指阿比："就是它！它是平底锅的同伙！锅就是被它藏起来的！"

马丁转过椅子，饶有兴趣地盯着阿比。

"原来是你！我亲爱的孩子！我超市里最贵的商品！我的小维修工！"

阿比觉得这些称呼肉麻至极，皮肤一阵阵发紧。

"宝贝儿，你知道平底锅在哪里吗？"

"我不知道。"阿比故作冷静。

"它不知道。"马丁转回身子，重新对着八爪的方向。

"它骗人，主人！刚才你们来找锅子，就是它和一个叫叮咚的家伙把锅子藏起来，它还有一只可恶的狗，就是这只狗咬我们，我们才没看清楚锅子现在在哪里！"

"是的，主人，都怪这只狗！不，是怪狗主人！"皮卡在马丁身子底下还在咒骂。

"但是我大概看到了，就是这个方向。"

八爪指向超市的一个角落，那里是居家用品的大型电器机器人区域。

马丁起身，缓缓踱过来，这里立着洗衣机、烤箱和冰箱机器人。

"如果在这里藏一口锅子，的确很轻松。这几个机器人都有很大的容量，最重要的是，理货蠢货不会打开机器人商品检查内部，货架蠢货也分不清机器人内部有什么玄机。"

马丁已经胸有成竹，脸上写满人类专属的狡黠和自负。

阿比和叮咚面如死灰，它们知道，诺依曼叔叔这次完了。

"爸爸，你们在做什么呢？"

夜莺一般美妙的声音，突然出现在马丁身后，众机器人纷纷回身。不少机器人马上认出来，机器猫喵喵扑过去，声音的主人拾起小宠物，抱在怀里爱抚着。

"佳娃，你回来啦！"马丁停下脚步，脸上立刻换上难得的笑容。

超市主人的女儿出现在超市，这并不常见。

"研究所正好有假期，我就回来啦，我很想念您！"佳娃抱住马丁，挡在他和烤箱机器人中间。

阿比痴痴地望着从天而降的人类，目瞪口呆——

这是世界上最美丽的女性，对照电影里的女主角，发现竟然没有一位能够胜过眼前的"她"。

Audrey Hepburn 固然美好至极，但她不会站在自己面前。

用什么词语去比喻呢？阿比擅长比喻，鲜花，还是阳光？机器人想给自己一拳头，这样的比喻水平应该受到惩罚！

此时，没人顾得上"莎士比亚阿比"，曼叔还危在旦夕呢！

"佳娃，你先等等，爸爸有事马上就处理完。"

慈父模样的马丁温和地拍拍女儿的肩膀，又要去打开烤箱机器人的门。

"爸爸，请听我说。"佳娃也正色起来，"这就是我今天赶回来的另一个原因，听说我私人珍藏的机器人惹祸了？"

"私人，珍藏？"

"是的，平底锅是我的机器人。"

很意外的答案，马丁有些措手不及：

"孩子，我没有听你说过，你什么时候对烹饪感兴趣啦？"

"烹饪我不在行，爸爸。"佳娃握住爸爸的手，紧盯着他的眼睛，阿比看出佳娃的眼睛是属于人类的，没有齿轮转动，自然又忧伤，"妈妈在行……"

"这是你妈妈的平底锅？！"马丁的声音突然失常。

佳娃点头，眼睛里溢出泪水，是的，这是妈妈的遗物——

16

硬汉马丁如同被电流击倒，瞬间就从野兽变回绵羊，嘴唇翕动几下，眼圈红了。

佳娃打开烤箱机器人的隔热门，拿出平底锅，把它抱在怀里，走到马丁身边。

"就是它，诺依曼先生。"

马丁抬起眼皮看看锅子，没有吱声。

"所以它才没有标签，因为它是属于佳娃小姐的私人物品。"理货机器人赶快补话，这下它总算轻松了。

"我本来想请诺依曼先生给爸爸您做一份妈妈最拿手的鸡蛋饼，前段时间才把它从仓库角落拿出来，不好意思给您添了麻烦。"

"不用道歉，我的孩子，这没什么……"

马丁沉浸在悲痛中还不能自拔，喃喃自语，作为对女儿的回答。

"以后就让我的平底锅，自由地待在超市里吧！"佳娃声音温柔婉转。

"当然，这是你的家，你的机器人都是自由的。"

"那您如何回复那位女顾客呢？听说她是政府官员。"女儿问爸爸。

马丁被这句话激怒，声音重新提高八度：

"她以为她是谁！今天下午我就看她不顺眼！她还敢威胁我！我是谁啊，我是马丁！她要的锅子找不到，不！我的超市里从来就没有她要的平底锅，是她自己的眼球机器人白痴！如果她胆敢对超市不利，我也不会客气！我会到商务部去投诉她！大不了，大家鱼死网破！"

佳娃赶快安抚爸爸，生怕连续的惊叹号让他的血压继续升高，心脏机器人也换过一个。不过马丁这样说，估计事情就会被解决，毕竟坏脾气马丁名气还是很大，一般人也不想招惹。

"都散了吧！"

理货机器人赶忙大喊一句，货架机器人招呼着各自的机器人回到自己的位置上，马丁颤巍巍地从椅子上站起来，拐杖机器人主动上前扶住他的手臂，把他送往收银区。

"佳娃小姐，明显在撒谎！"

皆大欢喜，只有八爪和皮卡不乐意，背地叨咕。

"你们是在说我吗？"

阿比一直注视着佳娃，她听到八爪的话，轻柔地转过身来，面对两个家伙儿。

阿比怀疑她装了耳朵机器人，不然听力怎么会这样好。但突然发现佳娃小姐竟然没有装几乎每位人类都会安装的轮足机器人，她自己在走路！

这是只有在老电影中才看得到的场景——人类在用自己的脚走路！

难以想象！

匀称的双腿自然地迈开，双手随着身体前后摆动，就像在舞蹈！这情景美好到阿比再次无法形容！比较起来，站在轮足机器人上面的人类，僵硬得如同死尸。

一位连轮足机器人都没装的人类，肯定不会装耳朵机器人。

"是在说我吗？"

佳娃重复自己的话，靠近八爪。雨伞机器人吓得赶快收起全部支撑杆，变成一根细长的杆子。

"你就是那个告密的小家伙儿呀！请记住，我喜欢世界上每一个机器人，但除了坏的！如果我发现你是坏机器人，我不会善意对待你，听明白了没？"

八爪连连点头。

"很好。"佳娃小姐露出美好的笑容，手臂搭在已瑟瑟发抖的皮卡的椅背上，"还有你，坏小子，也离我的朋友远一点！"

佳娃小姐伸出手指，指指怀里的诺依曼先生。

八爪和皮卡一转身就逃回自己的货架，不敢再出声。

佳娃这才放下平底锅，老曼叔脚底抹油，重新钻进"安全小屋"。佳娃笑笑，便自己上楼去。

"佳娃小姐是谁通知的？"回过神的阿比，问身旁的叮咚。

"我。"

"你认识佳娃小姐？！"

"不仅认识，我们是好朋友。"

阿比发出小小惊叹，真看不出，平时不声不响，整天睡大觉的小叮咚竟然和超市的"公主"是朋友，请注意，不是认识或熟人，而是

"好朋友"，这怎么可能？

叮咚洞察出阿比的疑问，憨憨一笑："我很早就认识佳娃小姐，当她还是个小女孩儿，她在超市发现了我，我们很谈得来，她目前在机器人研究所工作。"

"小女孩儿？"阿比眼前出现婴儿的影像，洁白柔软，散发香气。

"是的，她一直非常可爱！"叮咚发出蓝光，好像眼睛里闪现的光润，"我也是超市里的另类，佳娃小姐帮我弄个标签，这样理货和货架就不会来骚扰我，销售系统中我的状态是'预订'，预订者就是佳娃，疼爱女儿的马丁也不会找我的麻烦，这样我就可以长期待在货架上。"

"所以严格来说，你是佳娃小姐的机器人？"

"算是，我喜欢待在超市，这里热闹，有利于我思考，也可以护着老平底锅。"

主人是佳娃小姐！

阿比心生羡慕，隐约还有嫉妒，但他知道这是人类不好的情感，特别是对待自己的朋友，坚决不能使用，就立马抑制下去。

"今天十万火急，我赶快通知佳娃小姐，请她赶回来救曼叔，所以她放下工作，飞奔回来。其实佳娃小姐也听说过诺依曼先生，是她母亲告诉她的，但她从来没有亲眼见过，因为曼叔见到人类就会躲开，也拒绝标签和货架。"

原来如此！

不过这下好啦，在她的保护下，今后平底锅再也不用东躲西藏了！

"阿比，我也和佳娃小姐提过你，今天正好认识一下！"

叮咚的话好像有魔力，阿比的心脏立马被揪住，可它又"怦怦怦"

跳得剧烈，挣扎着撞击树脂材料做的胸腔。

圆球机器人也听到医生的心跳，没遮没掩地大笑起来。阿比感觉自己的仿真皮肤火烧火燎，不过和大脑发热时不一样。

"佳娃小姐，是世界上最美好的女孩儿。"

叮咚的这句话，恰好是阿比的心声，只是，羞羞哒，怎么说出口呦！

17

佳娃邀好友叮咚和朋友们到她的房间做客，平底锅曼叔和咬咬躲进"医生小屋"，叮咚尊重它们的决定。阿比兴高采烈，扯过平底锅，非要问个究竟：

"曼叔，为什么不见佳娃小姐，难道你不喜欢她吗？她刚救了你！"

"喜欢，怎么会不喜欢呢。"

"但你这样会伤害佳娃小姐，让她误会你，以为你讨厌她！"

"我不是故意的……"

"老实交代，不准耍花样！"

阿比第一次用这样的口吻和长辈说话，虽然毫无恶意，但也表明他的立场。

"阿比，别让我爱得太多，我害怕有一天与我之所爱分别。"

"你喜欢过人类，或机器人？"

曼叔痛苦地思索，半天才缓缓说出——

佳娃小姐没有撒谎，我，的确，曾经是她母亲的平底锅。

我承认，在漫长的岁月中，无数次品尝过与爱有关的各种滋味，但是，这一次，完全不同。

　　她每天在厨房忙碌，我就挂在墙上看着她，眼神一刻也无法挪移开。

　　她的头发是棕色的，带着橄榄油的光泽，对，她一直诚心感恩自然的馈赠。每当她流汗时，都是先从额头渗出，沿着脸颊滑出一道纤细的曲线，再流到衣领里面。

　　她喜欢吃鸡蛋卷，每天都要和我"亲密接触"——天啊，我无法形容那种美妙的感觉！

　　柔软的手指，把我从墙上的挂钩上取下来，我甚至能感受到她的指纹。一块温和的湿布把我浑身擦干净，已经充分搅拌的面糊，凉吱吱地倒在我的肚皮上，给我一阵酥麻的畅快。

　　这时候我就赶快加热锅底，等面糊凝固成薄饼，鸡蛋也滑进去，接下来就是香菜和香葱的味道。她把薄饼卷起来，摆在我身旁一个勾勒着粉色小花的盘子里……

　　然后，她端起盘子，笑着对我说声谢谢，再走进餐厅。

　　"你爱她？"阿比缓缓说道，眼前在放老电影的画面。

　　"是的，我一直爱慕佳娃小姐的母亲，她才是我眼中最美好的人类，但她死了，而且，我亲眼看着她死去，我无法阻止……"

　　平底锅哽咽不停，可惜他没有泪腺，否则眼泪很快就淹没自己。

　　"我很遗憾，但承受离别之苦，是人类重要的情感体验。"

　　阿比的措辞，小心又小心，可即便如此，还是刺激了曼叔。

　　"我不要这样的体验！"

　　平底锅发出吱吱的尖叫，听来就像油锅边的小鼠，带着绝望的哭腔。它任性地翻滚锅身，就像撒泼的孩子，任谁此刻在它的面前，也不忍心责怪它一句。

"所以，我不能再爱人类，请别逼我！"

"我不会再逼你，但我会转告佳娃小姐，让她安心。"

曼叔交给咬咬安慰，叮咚和阿比随佳娃小姐来到超市二楼。

走在她的身后，阿比被一股淡淡的香气吸引，他知道这是香水的魔法，人类女性的最爱！这也是阿比第一次近距离观察人类的真实生活——

不过说白了，还是个机器人的世界。

佳娃的房间在走廊尽头，房门立刻认出主人，欢喜又灵巧地闪在一旁。灯光机器人、空调机器人从休眠状态中快速醒来，把环境调节成佳娃最舒适的状态。沙发也靠过来，佳娃顺势坐下，不知哪个机器人泡的咖啡已经出现在茶几上，香味很浓。

"你们有人工胃和消化系统吗？"佳娃问眼前的两位机器人。

叮咚闪着自嘲的红灯，阿比耸肩，同时摇头。

"对不起，看来我只能一人独享。"

佳娃歉意地端起咖啡，抿一小口，忍不住夸奖咖啡壶机器人。那小机器人高兴坏了，赶忙去向朋友们炫耀，自不必说。

"越来越多的机器人想学人类品尝美味，它们称之为'活着的滋味'。"叮咚趴在佳娃小姐的咖啡杯上，阿比知道它并没有呼吸系统。

活着的滋味，阿比也听过。

机器人都在传说人类食物的美味，只有尝过才懂。难怪有些人类总是说，活着就为了吃！还喜欢以"吃货"自居呢！

人类的食物就像机器人的毒品，一尝就上瘾。那机器人真正的毒品，是什么呢？

是一种地球上的古老植物，现在基本已经灭绝的桉树的树叶提取精油，这种叫"尤加利"的液体混入机器人的润滑油中，可以振奋机器人的精神，带来某种快感。

话说"尤加利"，它网上也没有只言片语。但医生机器人又是信手拈来，他曾帮助不少超市小伙伴"戒毒"！

阿比突然明白为什么平底锅和叮咚那么睿智，"亲身经历"看来是它们学习的又一重要方式。

"那你们可以试试。"佳娃小姐望着走神的阿比，她指的是人类的食物。

"还是算了，我不想浪费资源。地球上的资源越来越匮乏，人类自己使用都捉襟见肘。"阿比腼腆地笑笑。

18

叮咚很快就被佳娃小姐的书架吸引，她还拥有几本珍贵的纸质书！叮咚熟门熟路，跳上书架便开始翻看。

佳娃宠溺地看看叮咚，随它去吧，转身与阿比相对，准备和他聊聊，却一下子卡住没找到话题。这表情，就是人类之间面对还不算熟悉的朋友，常有的小尴尬。

"佳娃小姐，请问您从事什么工作？"阿比并不傻，男士应该主动一点。

嗯，佳娃歪头，样子像极了《罗马假日》中的安妮公主，而阿比看她的眼神，也和记者乔一模一样。

"我是生产企鹅的。"

佳娃发出"扑哧"的声音，明显是被自己逗笑，很显然她喜欢这个话题，嘴角已经做好介绍自己这份"有趣"工作的准备。

"你们有养殖基地吗，在北极还是南极？"

"不是！"

佳娃小姐终于放任大笑，咯咯咯像只小鸡，眼角都出现俏皮的细纹。等她自己笑够，才开始继续说道——

请原谅我，南极和北极早就没有企鹅，这是常识啦！

我在动物类机器人研究所工作，已经设计研发出很多种机器人，比如八角蝾螈、邦加眼镜猴、玛塔龟等，目前主要负责设计机器人企鹅。

我爱我的工作，每天我都非常快乐！

阿比被人类感染，每天做自己喜欢的事情，真的非常有趣！不过，一个疑问也爬上阿比的心头。

"研发这些机器人的目的，究竟是什么？"机器人医生脱口而出。

"生产机器企鹅的目的和超市里的机器猫喵喵，还有你的机器犬——对了，叫什么？好像是叫咬咬——一样。"

阿比还是不懂。其实一直以来，虽然自己深爱咬咬，但也不清楚机器犬对于自己究竟有什么用处。

难道真的是像女检测者所说，帮助人形机器人更好地融入人类世界？但目前来看，不管是马丁主人，还是人类顾客都不觉得这是个什么美妙的主意。

甚至总有顾客抱怨，这只是生产厂家搭售产品的方式！

犬曾经是人类的玩伴，但现在人类拥有数不清的机器人玩具，已经不再青睐猫、狗、兔子什么所谓的"伴侣动物"——机器猫喵喵本来是一款女性护士机器人的附带赠品，结果护士卖掉，猫没人要。

让畅销的医生机器人，搭配人类眼中已经没什么实际用途的机器犬，买一搭一，把价格提高，这就是厂家的狡猾。

阿比不想这样"定义"自己的咬咬，但事实上，就是这么回事！

等发觉自己又走神，阿比赶快把眼神定在佳娃小姐粉嫩的脸颊上，她已经眉飞色舞地讲起来：

"生产企鹅，是为了让这个世界更美好！你想想呀，阿比，地球上已经没有冰川，企鹅已经灭绝，我们用自己的努力，让这种可爱的小生命重新出现在人类世界，这是多么有意义的一件事呀！"

"它们是活的吗？"

"当然！"佳娃放下咖啡杯站起来，在地板上学起企鹅走路的滑稽样子，"它们都能自由活动，活灵活现，就像你一样！"说完指指阿比。

阿比心里"哦"一声，他知道佳娃小姐误会自己的意思，但看她那兴奋的模样，又不忍心破坏气氛。

"这些企鹅会和机器北极熊一起出售，全世界各地的动物园需要它们给孩子们带来欢乐！"佳娃双手托住自己的下巴，学那些趴在动物园栏杆外面看动物的孩子。

"看来您特别喜欢自己的工作，您很快乐。"

"我非常快乐！特别是看到孩子们的笑脸！"佳娃脸上的红晕就要飞起来。

阿比重新微笑，他突然想通了，是呀！

不管是冰川消失，还是企鹅和北极熊灭绝，都与眼前这位善良的人类女孩儿无关，她享受自己的工作，她爱孩子们，她不应该被否定，更不应该被打击！

自己的问题和答案，都不再重要，管它的！

阿比甚至怀疑自己出了问题，他总是戴着有色眼镜看待人类。也许是厌恶马丁主人？因为咬咬差点被灭除？还是"博导"曼叔的影响？甚至是在工厂摔的那一跤？

"我们看看它！"

佳娃喝了一口咖啡，转换话题，拿起叮咚头顶书架上一个地球仪。叮咚已经沉醉书中不能自拔，地球仪立刻兴奋起来，快速地旋转起来。

"我的宝贝儿，地心，请慢一点！"

听到主人的要求，名叫地心的地球仪机器人才缓缓停下来。佳娃让阿比对着这个小球，指出哪里是它的家乡。

"我的家乡？"阿比想起小松，"不是 HYTR 机器人工厂吗？"

"那并非你的家乡，只是你的生产地，我问的是组成你骨骼的主要物质来自哪里？"

"没有人告诉过我们，我们怎么知道来源呢？"阿比像个懵懂的孩子。

佳娃靠近阿比，把手搭在他的肩膀，突然有种莫名的电流贯穿阿比的身体，把他吓了一大跳！

一毫秒之间，阿比已经完成系统检查，自己并没有漏电，人类也不会带电。阿比提醒自己，晚点要请诺依曼叔叔帮忙找出这种奇怪的"病因"。

"物质是有记忆的，即便被无数次冶炼锻造甚至被其他物质掺杂化合，还是能依稀记住自己的家乡——因为自然界中每种物质的形成都是非常漫长的过程，它们在家乡住了很久。"

"怎么能回忆起？"

"用心。"佳娃的笑容如同天使，"阿比，你也有心灵，唤醒它。而且我喜欢你的名字，用这样的名字称呼自己，代表你很有智慧。"

"我本想叫胡桃夹子，或者胡桃，或者夹子。"

"这些名字也都不错！"佳娃的声音快把阿比的仿真皮肤融化，"给自己命名，是人类恩赐给机器人为数不多的选择权。"

恩赐？选择权？

这两个刺耳的字眼从佳娃小姐的口中说出，阿比内心又开始五味杂陈。佳娃小姐，果然，也有人类的骄傲……

意识到对方可能误会，佳娃赶快展露和暖的笑容："其实作为人类，我们的选择权也不多。

我们同样不能选择出生，不能选择死亡，不能选择亲人，甚至人生境遇也常身不由己。"

"比如，你也不能选择坏脾气的父亲？"阿比试探。

佳娃小姐的脸上呈现出人类才有的丰富表情，经过犹豫和掩饰，终于会心地挤挤眼睛。

"我爱他，非常爱，但他并非——最理想的父亲。"

"起码，你还有父亲。"阿比反过来安慰佳娃，"比我们幸运。"

沉默几秒，人类和机器人都在寻找新话题。

"佳娃小姐，我可以再问个问题吗？"阿比鼓起勇气。

人类小姐作出个"当然可以"的表情，甚至还带着咬咬渴望阿比抚摸毛发的神情。

"在人类的眼睛里，机器人就是奴隶吗？"

"人类和机器人究竟谁是谁的奴隶,这可真是个有趣的话题。"

在自己舒适的房间,邀请机器人朋友做客,佳娃显然没料到眼前的这位帅气机器人,会冷不防问出这样高深又严肃的问题。可她还是认真回答:

人类设计、制造、维护、保养、监控机器人,费尽苦心。甚至占据人口一半以上的人类都在"为了"机器人而工作,机器人世界的一举一动都牵挂着人类的神经。

比如我,目前就在机器人研究所工作,这种你中有我,我中有你的关系,你说说看,究竟谁在奴役谁呢?

貌似温和,可是不知不觉间,佳娃小姐的语气,已经略显正式。

"但我听说,人类现在越来越懒,甚至连研发制造机器人的事情,都准备交给机器人。"阿比开始直言直语,就像和曼叔对话。

"你说得没错,也许很快我就会失业。"

佳娃这下有点尴尬:"机器人研发机器人确实很扯——如果机器人成了造物主,机器人就是这个世界的主宰,那么人类确实没有存在的价值。不过,人类毕竟占据地球食物链的顶端,一部分有责任感的人类已经站出来,试图阻止这一切。"

"佳娃小姐,您就是这些有责任感的人类吗?"

"我不能算啊,我确实算不上……"

佳娃把身子缩进沙发机器人的怀抱,后者赶快抱紧主人,她这样子就像个婴儿。阿比后悔自己破坏掉这么美好的氛围。

"我们绝大多数人类的确很懒惰,而且越来越懒。"佳娃小姐开始忧虑:

有的人类甚至懒得活下去，谁当世界的主宰，对他们已经不重要。

总有人好奇，懒惰究竟会把世界毁灭成什么模样，看看我们就都明白了。自己的双手不去用，自己的双脚不去用，甚至大脑都要依靠机器。沾沾自喜以为是宇宙之神，我总预感，有一天机器人会离我们而去……

到了那天，机器人不再为人类服务，甚至集体打包搬走，人类就将吞下懒惰的苦果！

这个话题越发沉重，空气都凝结成固体，阿比环顾四周，终于找到新的话题。

"这是谁？"

沙发后面的壁柜上有个不起眼的小相框，斜斜地歪在一个菠萝形状的陶瓷摆件上，照片里是两位十岁左右的人类男孩和女孩，年龄相仿，依偎在一起，笑得很灿烂，女孩应该是佳娃。

"这是你的兄弟吗？"阿比指指照片中的男孩，"你们可真像！"

"我们并不像。"

"他现在哪里？"

阿比话音刚落，佳娃的笑容已经彻底消失。阿比意识到自己又错了，但佳娃的情绪已经完全主宰一切，他已经无法弥补，只好跟着收起笑容。

干坐几秒钟，佳娃起身，指指门口——

我想，你们该回去了……

19

佳娃小姐次日回去工作，年轻的阿比，昏沉沉休眠，谁叫也不醒。

"赤脚医生"诺依曼守了一天一夜，终于把阿比拆开，里外检查一遍，没毛病。

理货机器人把"植物机器人"搬到超市角落的残次品货架暂放，如果休眠48小时还不醒来，超市就会淘汰这个样品，新的维修机器人将取代这个"坏的"。

咬咬急得团团转，诺依曼叔叔和叮咚也无计可施。

从佳娃小姐的房间回来，阿比就这个模样！所以就不该带他和人类过多接触！他还这么单纯，人类世界的复杂，是他无法想象和承受的！

平底锅把圆滚滚的叮咚叫到旁边，一边埋怨，一边唉声叹气。

此刻的阿比就像喝醉的人类，身体不听使唤，脑子却明白着呢！他也搞不清，为什么零件都没问题，但就是浑身无力？

在金属和非金属包裹的躯壳里，大脑在顽强地运转着，燃烧着从地球岩石里提取出的史前能量，而每一秒，都与佳娃小姐有关。

这种感觉，在它网中的老电影中描述过无数次——《剪刀手爱德华》《金刚》，阿比隐约知道这叫"喜欢"，但很奇怪，"喜欢"总是和"疼痛"有关。

按照平底锅的话，它网的审查如此严格，却还能够让爱德华和金刚落网，阿比匪夷所思。

也许是因为人类过于自信，小看"异类"的情感，或者说到底，是对机器人的藐视。因为人类确信，机器人和人类是不会互相喜欢的。

这不是法律问题，法律不能约束情感，所以这是需求问题。

人类已经不"需要"爱情——陪伴的需求有咬咬这样的宠物机器人，情感的需求有各种会谈天说地的仿真人形机器人，生理的需求有极富技巧的机器人提供服务……

总之，都是机器人，到处都是机器人！！！

而机器人，在它网学习的知识体系中，也没有与人类谈恋爱的直接认知。

就如同，人类几乎都不喝汽油、不吃玻璃，为什么不喝不吃，因为汽油和玻璃在漫长的历史选择中，没有进入人类的食物链，不喝汽油、不吃玻璃成为"常识"。那如果喝了吃了，人类会死吗？答案也未必，甚至没有准确的证据表明这些食物对人体有害。

所以，不管是人类，还是机器人，彼此不谈恋爱都是"常识"。

但是，历史上曾经有那么一段时期，情况又并非如此，人类和机器人恋爱成为潮流。不过就像机器人刘海和假发，再流行的时尚也总有被厌弃的一天。

想起这些，阿比的烦恼加倍，甚至想拔掉自己的纽扣，彻底烧毁芯片！可大脑此时却偏来作对，冷冰冰的，它也有点享受沉浸在佳娃的世界中——

算了，那就继续掰扯！阿比骂自己，这根本是自作多情，佳娃小姐是不会同样地"喜欢"自己的。

短短几分钟交流，其实磕磕绊绊，并不愉快。自己这个木讷的机器人，就像人类的"直男癌"，或者是骨子里自卑的"凤凰男"，每句话都那么令人反感！

阿比后悔自己没有好好学习电影里的"撩妹技巧"，就算不这么刻意，至少也别那么大煞风景吧！

这方面，八爪都比自己强，这个混球儿坏癫瓜，还挺受超市里的"女性"欢迎。

还有那个萦绕在心的疑问：照片中的男孩儿是谁？为什么佳娃小姐不想谈论他？

阿比不想睁开眼睛，他要争取每分每秒想清楚这些问题，然而马丁却不允许样品继续任性！

超市"国王"难得降临残次品货架，因为这可是超市里最畅销的款式，也是价格最高的产品，然而才使用两个月就出问题，马丁决定大骂一顿！

"蠢货，你想干什么？！赶快给我醒过来！"

阿比一动不动。

"你想罢工？"马丁凑近阿比，确保嘴里的动物尸体味道直接对着机器人的鼻孔，"我对你很客气了，臭小子，你别不识抬举！"

机器人还是沉默。

"蠢货，看来我要给你一点颜色看看！"马丁回身，理货机器人赶快凑近，它知道主人要发号施令，"它的狗在哪里？抓来！"

几分钟之后，经过一阵乌烟瘴气的折腾，超市的货架倒了两排，机器犬咬咬在震耳欲聋的嘶吼中，被理货机器人撒出的金属网套住，带到马丁面前，马丁顺势踢了一脚，正中咬咬的脸颊。

咬咬龇着牙，金属眼珠通红的，身子在金属网里剧烈地扭曲挣扎着。

"灭除他的狗！"马丁冷冷地下达命令。

灭？除？！理货机器人不敢动弹，战战兢兢地瞧着凶神恶煞的主人，再望望金属网里的机器同类，没有行动。

"你也想被灭除，是不是？！"

马丁暴跳如雷，举起机器手臂砸向理货机器人的"头部"，红灯乱闪，可怜的小机器人显示屏上乱码直窜。见这情景，躲在货架上的平底锅和叮咚就快急疯了。

"不要……"

阿比打开沉重的眼皮，显示屏上开始闪现蓝色灯光，如同人类开始呼吸："请您，不要再打它们……"

20

机器人阿比没有权利独处思考，就像平底锅曾经说过的一样，对于机器人来说，独处是难得的奢侈品。

在马丁主人强硬的要求下，阿比不得不调整心态，没有 48 小时的休眠期限，必须立刻开始超市中的工作。

这一篇，勉强翻过去。

清晨，超市就快要营业，八爪借机靠近医生机器人，身边还跟着椅子皮卡。

"虽然别人不知道你怎么了，但我知道！"八爪阴阳怪气，"我准备去告诉马丁主人！"

"你在干什么！"诺依曼出现，拦在八爪面前。

"走开，臭老头！这个家伙竟然痴心妄想，他胆敢喜欢佳娃小姐！"

"胡说八道！"曼叔保护着自己的伙伴。

"我胡说？"八爪原地转着圈圈，"我可是有证据的！上次阿比和佳娃小姐去二楼，回来之后就这副模样，你们知道为什么吗？因为他失恋了！他向佳娃小姐表白，被人家赶出来！"

"你怎么会知道？你当时也没在二楼！"

"我虽然没在现场，可我兄弟在呀！佳娃小姐的房间里，有一把雨伞机器人，那是我的死党！"八爪洋洋得意，八条触手抖动着，就像人类跷起二郎腿。

听到这里，曼叔有些迟疑，阿比一直不肯主动和自己交流，看来八爪说得有点道理，这样也能解释通。

"你别傻了，的确，你的样子很像人类，但主人不可能让你真正成为人类！"八爪狠狠说道，语气中明显带着嫉妒。

"我可以！我可以把身体的每个器官都换成人类正在使用的器官机器人，大脑机器人，肠胃机器人，心脏机器人！现在哪个人类身上没有几个机器人呢？也正是这些器官机器人，才令人类存活得更久！我也换上和他们一模一样的器官，我和人类还有什么区别！"

阿比突然大声喊叫，吓得曼叔抱住身旁的儿童单车机器人。

"你这个天真的家伙！愚蠢至极！今天就让我把你那副自鸣得意打到人类的十八层地狱深渊！你知道恐怖谷原理吧？"

"知道！"阿比今天豁出去了，满身的郁闷，正适合与宿敌打一架。

八爪得意得就差鼓出鼻涕泡儿："这个原理，就是在说你们这些样子像人类的恶心东西！

看看你的鼻子，你一直引以为傲的鼻子，人类的鼻子怎么会这么有棱角！再看看你的额头、眼角，说话和笑的时候，一丝皱纹也没有，这和人类哪里像？还有你的眼睛，是最恐怖的，你的黑色瞳孔和眼白对比太强烈；还有你的皮肤，我的天，那些毛孔近看多么虚假，好像人类用针尖闭着眼睛扎在上面!

你这副样子，怎么不会吓到佳娃小姐，你还在痴心妄想，真是可笑至极!!!"

"你这个混蛋!"

平底锅放开儿童单车，不顾一切地冲上来，金属锅把狠狠戳向对方，雨伞横着倒下来，被皮卡扶住。

就在一众机器人围拢过来，气氛紧张到准备开战的关键时刻，超市中出现一位不速之客，打破了僵局。

最先发现的是咬咬，正准备冲上去撕咬八爪和皮卡的机器犬突然吸吸鼻子，明亮的眼球环顾四周，猛地冲着天花板吠叫起来!

大家被咬咬吸引，一起抬头向上看——

鸟!

一只鸟儿，竟然飞进马丁的机器人超市!

这可是难得一见的景象呀，要知道，人类占据的地球上，除了人类的食物被圈养起来，自然界的各类生物灭绝殆尽，蟑螂那是"硕果仅存"的大神级的存在，鸟儿的数量比熊猫还少，特别是在人类聚集的区域。

马丁机器人超市，还是第一次有外来飞禽"入侵"!

理货机器人火速关闭超市所有出入口，启动超市样品——仿造鹰的小型飞行器机器人，在超市大厅里疯狂追逐这只鸟儿。

整个超市都激动起来，样品纷纷跳下货架，加入追逐的队伍，蝴蝶机器人、蜻蜓机器人和蚊子机器人也凑起热闹，嗡嗡嗡地起飞，围着天花板盘旋着，吓得准备进来购物的人类都挤在门口，好奇地向里面张望。

这是鸟儿！

活的！

马丁收到汇报，光着身子跑下楼，轮足机器人和衣物机器人连滚带爬地跟着主人，伺机帮他穿戴整齐。

马丁下令超市中所有带翅膀的机器人停下来，除了鹰形机器人继续追捕，其他机器人回到货架。很快，鸟儿就暴露行踪，这是一只燕子。

惊慌失措的燕子，不断用身体撞击天花板，想要飞出去，但却找不到通路！鹰形机器人穷追不舍，几次都咬住燕子的羽毛，又被奋力挣脱开。

马丁眯着眼睛，饶有兴趣地观战，其中一片羽毛落下，被马丁的机器手臂捡拾起来，反复把玩着。

阿比的心却揪着，燕子对他来说也是新鲜事物，但不知为什么，看着这只生物，机器人又心生怜悯。

原来，在人类面前，不仅机器人无助，动物也一样。

这是一只绝望的燕子。

求生的本能驱使它不断飞行，但最终还是敌不过机器的速度和精准。鹰形机器人咬住燕子的尾巴，这一次它不能再逃脱……

马丁捏住燕子，眼睛里面闪出惊讶又惊喜的神采。他应该也是第一次见到活着的燕子，甚至鸟儿也可能是头一遭。

"主人，怎么办？"

八爪凑过去，早把阿比的事情忘到自己的老家——北极金属矿区了。

"卖掉！活鸟会很值钱！"马丁喜上眉梢，八爪和皮卡也跟着乐不可支！

"把它先放在哪儿？"八爪问，伸出一只触手，借机摸摸燕子。

"我们需要一个鸟笼！"马丁反应过来，回头喊理货机器人，"你，去找一个！"

理货机器人转一圈，空手而归，超市没有鸟笼，因为人类已经上百年没养过鸟。

马丁转转眼球机器人，想出个主意。理货机器人赶快领命，命令烤箱机器人打开烤箱门，把鸟儿丢进去。这就是当初藏平底锅的烤箱，当然这次它也没有加热，只是作为一个临时监狱。

马丁趴在烤箱外面，满足地看着燕子在里面扑腾，不久回到收银区，开始联系其他人类——

阿比听到，马丁先找的是一个专门制作生物标本的人类博物馆，又找到一家动物园，再联系一家烹饪"野味"的高级餐厅。经过讨价还价，餐厅的开价最高，对方很快会派机器人来，带走燕子……

21

阿比不忍心再看燕子，坐在货架上，低头不语，叮咚滑过来。

"天气很好。"叮咚没话找话，也不想提燕子。

"你能为我唱首歌吗？"

"我不是音响机器人，我不知道自己能不能唱歌……"

"能说话，我们就能唱歌。"

叮咚看着情绪低落的医生，无法再拒绝："我试试哦，哪一首？"

"《迷失在风中》。"

叮咚搜索曲库，露出莫名其妙的神色："有这首歌吗？"

"有。"

"谁唱的？"

"我。"

"你什么时候写的歌？！"

"就是刚才。"

叮咚露出无可奈何的微笑："我亲爱的阿比，看到你还能幽默，我总算放心啦，虽然这是个冷笑话，但也比你一直忧心忡忡好。答应我，把那教科书一样的甜美笑容，重新挂在你那帅气得如同面具一样的假脸上吧！"

"八爪说，这叫恐怖谷，佳娃小姐被我吓到了。"

"别听八爪胡说，佳娃小姐可不是那样的人类！"叮咚发现自己失言，赶快补救，"我了解佳娃，她善良，温和，对机器人没有任何恶意，不管你做过什么，只要你是她的朋友，她都会原谅你！更何况那天，你没有做错什么，我可以为你作证。"

阿比淡淡一笑，可那笑容，即便在没有一丝风的超市中，也有若隐若现的凌乱。

餐厅的机器人来晚了，燕子死了。

马丁的吼叫响彻超市，大家都知道，燕子缺氧窒息而亡。烤箱的密闭性能实在太好，里面的空气有限，燕子被活活憋死。

餐厅还是把燕子的尸体带走，听说还能吃，只是不能给马丁最初的价码。

马丁大力地拍打烤箱机器人，恨不得把它撕碎，给燕子偿命。烤箱机器人抽泣着，既恐惧又歉意。

阿比感觉到窒息，如同燕子临死前的感受！

小小的超市无处躲藏，也没有权利休眠思考，阿比就快要崩溃，只能求助平底锅——

　　"曼叔，我们究竟是应该爱人类，还是恨？"
　　"孩子，就算是最好的朋友，我也不会对别人的情感指手画脚。"平底锅靠在阿比旁边，"不过如果你需要安慰，我可以给你煎个荷包蛋。"
　　咬咬"汪汪"两声，它已经安装了人工胃和消化系统。阿比想到燕子的尸体，胸口漾上一阵恶心。

　　"我喜欢佳娃小姐，想和她做朋友，但我知道结局就像这只，可怜的燕子……"
　　"看来人类给你安装泪腺机器人，就知道有一天你会用得着。"
　　平底锅递过来一片纸巾，人类还没有无聊到把一张擦鼻涕的纸变成机器人，不过这也只是时间问题，早晚人类会这样做。
　　阿比没有接过来，此时还没到流泪的程度。人类称这种程度的伤心为黯然神伤。

　　"阿比，这还不算爱情，真的。"诺依曼语重心长，"喜欢没有错，你们也可以做朋友，就像叮咚和佳娃，但不能再往前走。前方是你们不能逾越的鸿沟，想走也没有路。"
　　"但我无法左右自己的情感。"
　　"我知道这很难，孩子，这就是我之前告诉你，不要去爱的原因，因为你会受伤，就像我，爱上佳娃小姐的母亲，再也无法真正地快乐。"
　　"她带走你的快乐？"
　　"她带走我的一切……"

平底锅又哽咽："阿比，你只见过佳娃小姐一次，就喜欢上她，我曾经和佳娃的母亲生活在一起 10 年！所以我劝你，必须控制你的感情，不要再往前走一分一毫！"

说完拿起刚才递给阿比的纸巾，擦擦显示器，那里不知不觉蒙上水雾：

"而且，咱们现在是演科幻片，不是爱情片，我们的编剧——老天，谁知道它在哪里，反正是主导我们命运的家伙，我一直感觉，它就是不想让机器人和人类谈恋爱！要不它怎么会那么残忍，夺走我最爱的人类？！"

"它，我是说这个不知躲在哪里的编剧，是个混蛋！"阿比握紧拳头。

"不，孩子。"平底锅声音平静下来，"也许，它和我们一样，受过感情的伤害，只是不敢去爱得太多罢了。"

阿比皱起饱满的额头，吸吸鼻子，深呼吸一次。

算啦，不管它啦！

"曼叔，你知道自己的故乡在哪里吗？"阿比换话题。

"当然！"诺依曼不假思索，"我可是个老头啦，寻根是人类和机器人共有的本能——我的家乡在大洋洲南部的一个矿山。"

"你是怎么知道的？佳娃小姐说，我们用心就能感受到，但我还是不得其法。"

平底锅翻个身，它正见缝插针地给咬咬煎牛排，油脂发出滋滋的声响。等机器小手撒完盐和黑胡椒，平底锅才慢悠悠回答："大家的方法可能各不相同，但梦会给你启示。"

"梦？！"阿比猛然想起那个奇怪的梦来。

“其实，不用你告诉我，我也能猜得八九不离十。”

曼叔又开始煎蛋卷，这是小松点的菜，只是这张蛋卷的尺寸，给剪鼻毛的小机器人当床铺，也绰绰有余！

“你来自天空，小行星。”

望着阿比疑惑的表情，老平底锅不想卖关子：“你是最新款的高端机器人，人类应该会选择最好的材料，金属球小行星是不二选择。”

阿比豁然开朗，难怪自己会做那个梦！

原来梦里显现的景象，并非幻觉，而是曾经自己“随”小行星在太空飞行的经历！

我是来自太空的！

我是来自太空的！

阿比有点兴奋，不，他突然激动起来，我并不属于地球！不知为什么，阿比现在不想属于地球，不想做人类的机器人！

也许是因为佳娃小姐，也许是因为这两个月短暂的经历，甚至是因为那只鸟。

22

马丁没有因为女儿的归来，就减少对机器人的谩骂，理货机器人自杀了。

这是超市的大新闻。

理货机器人是个不讨喜的小个子，总是在超市里指手画脚——这就是它的工作，也招惹众多怨恨。除了马丁身上的器官，它是与马丁交集最多的机器人。它对马丁忠心耿耿，兢兢业业，却实在难以再忍受他的坏脾气。

不清楚最后的稻草是哪一根。大多数机器人还在货架上休眠，马丁已经在收银区对着理货机器人破口大骂，这震耳欲聋的骂声惊得超市机器人都抖动几下。

理货机器人最终溺水而死。

这是机器人最常见的一种"体面的"自杀方式。

找一个大水箱，超市一楼理货区恰好有一个，扑通跳进去，不管谁劝，死活不出来，也没有机器人敢劝马丁面前的"大红人"。早晚水会浸入芯片，破坏"纽扣"和内部线路，最终使自己报废。

这种死法和人类跳海一样，带着自找苦吃的悲壮味道。

曼叔赶快再次提醒阿比：千万不要和人类走得太近，更不要和人类做朋友。

"这就是兔死狗烹的下场。"

理货机器人的"尸体"，被搬运工机器人从水箱中捞出来，暂放在残次品货架上，等待下一次丢垃圾时灭除。

水淹到一定程度就没有维修价值，阿比偷偷取下理货机器人的"纽扣"，在"医生小屋"读取里面的信息。

这里面有一段影像，是理货机器人对着镜子，由自己的眼球机器人录下来的，也许就是它的遗言：

我不喜欢被控制！我为什么要被控制！

我不想听人类说话！我一句都不想听！

我想用刚擦过马桶，又用脚反复踩上无数遍的抹布，堵住马丁的嘴！

让人类全都闭嘴！闭嘴！闭嘴！

……

阿比看着歇斯底里的理货机器人，内心突然有种无法言喻的平静。这种平静出现得太不寻常，阿比忍不住打个冷颤，悄悄关上显示屏。

咬咬和小松却在暗地里准备，机器人犬在磨牙齿，剪鼻毛的小机器人在磨刀子，它们打算杀了马丁，为理货机器人报仇！

得到这个消息的阿比大惊失色，在清晨超市开业前，赶快召回自己的宠物，在它背部厚厚的毛发中掏出小松，让两个小家伙儿并排站在面前。

"听着，虽然不喜欢人类，但我们不能伤害人类，绝对不能！"

"为什么？！"小松的声音尖锐又呆萌。

"机器人不能剥夺任何人类或机器人的生命！"

"那马丁怎么能剥夺机器人的生命？人类为什么有特权？！"

"这是错误的，我们不应该向错误的人类学习，他会遭到报应！"阿比几乎在吼叫。

"像您这样，遵从传统的机器人已经不多。"小松撇嘴，仿佛不是几天前的那个受尽委屈的小可怜儿。

"不伤害人类并非因为传统，这是机器人的根本，饮水思源，我们不能忘记是谁制造我们……"

"可这种制造没有选择，您愿意做个超市样品，整天摆出一副假笑的脸孔迎接人类，我却不想做个整天在肮脏的鼻涕里打滚的除草机。"小松已经开始任性。

"好，那我现在给你选择的机会，我是医生，可以帮助你实现。你要做什么，我重新塑造你的身体，改变你的功能！"

"我只要做回小行星的元素，随便去哪里，只要不是地球！"

"所以你还是恨人类捕获了我们？"

"恨！"

"即便如此，我们还是不能伤害人类，因为我们是机器人……"

说到这里，阿比突然决定放弃，因为自己并没有真正说服小松。

无论怎么绕，自己的论据就是机器人不能伤害人类。阿比发觉自己也没有被真正说服，但他只是模糊地知道，杀人万万不行，而且无论如何，佳娃小姐这样的人类，绝对不能去伤害……

"你们这些蠢货！我用我的行动告诉你们，人类是你们的上帝！马丁超市的客户，是上帝中的上帝！"

现在好了，你被退货了！

马丁并不知道"医生小屋"里刚刚阻止了一场针对自己的"谋杀"，他扯出腋下夹着的花瓶机器人，狠狠砸在地上——

你被退货了！这真是一场灾难！

"马丁主人，真的不怪我！我严格按照功能指南，每天把自己打扮得漂漂亮亮，手捧着各种鲜花，让它们保持鲜艳，尽量为新主人提供满意服务。我小心翼翼，但他的要求我实在无法满足，这已经超出我的能力。"

"人类的命令就是一切！你只能无条件满足，没有借口！你懂吗，没有借口！"马丁咆哮着，"他让你干什么了？"

"他把我泡在浴缸里，水浸入纽扣的最后一刻，我逃出浴缸……"

一众机器人惊呼，变态、残忍，这分明是要花瓶的性命！听说不少人类喜欢虐待自己的机器人，看来这是真的！

"那你就泡呀！泡呀！"

"我不能这样做，我还不想死……"

马丁眼冒凶光，小机器人唯唯诺诺的样子，让他的气焰更加嚣张。超市主人抓起小机器，冲向理货区的大水箱——这是前天理货机器人自杀的地方。

大家都明白了，马丁是要把它丢进水槽，淹死！

花瓶开始求饶，接着就是惨叫。

23

千钧一发之际，阿比挺身而出，截住马丁的去路！

在高大的医生机器人面前，即便站在滑轮上的马丁，还是矮那么一分。

"请，放下它。"

虽然身体在颤抖，但阿比语气平和。

马丁简直不敢相信自己的眼睛，在他的有生之年，这也许是第一次被机器人忤逆，而且它属于他的财产。

"你！"

马丁扔下花瓶，花瓶就势一滚，叮咚赶紧用身子护住伙伴，马丁冷笑："愚蠢的维修工！我注意你很久了，你很坏，你在偷偷做手脚！因为你长了一副人类的模样，我对你很客气，看来我应该早点动手，而不是让你，今天大摇大摆站在我的面前，就像街对面那几个吃多了米勒牌汉堡的胖子！"

"我不认识什么胖子，也不打算冒犯您，但请不要继续折磨超市里的机器人。"

"折磨？"马丁逼近阿比，直到阿比看到他的胡须，下巴上稀疏长着几根，"这是我的私人财产，包括你在内！我对我的财产可以做任何事情！更何况，你们只是一群愚蠢的机器！"

"机器，也有尊严。"

"一坨金属有什么尊严！它网没有教给你们吗？机器就要绝对服从人类！"

"它网，也并非绝对正确。"

阿比鼓足勇气，说出这句话，立刻引发超市中其他机器人的再次惊呼！

天啊！竟然有机器人公然评价和指责它网，这简直太逆天了！

"你想怎么样？"

马丁并不愚蠢，当他意识到眼前这个机器人已经开始否定它网的权威性，估计它已经失控，人类特有的狡黠开始起作用，马丁在审时度势，估测着自己目前的处境。

"我并不想怎么样，只希望您放过花瓶。"

"可以。"马丁思忖几秒，"但是我要做另一件事！"

说时迟那时快，人类马丁突然转身，一只手出其不意攻其不备，直奔阿比的胸口而来——那是阿比的命门，推开就能看到"纽扣"！

与此同时，咬咬纵身跃起，狠狠咬住马丁的大腿！

啊！

马丁尖叫，用力甩开咬咬，机器犬倒在地上，发出一声痛苦的呻吟，但咬咬重新站起来，再次扑在马丁身上！

"反了，反了！"

马丁看着自己流出的血，就在轮足的上方，这里并非大腿机器人，而是真实的人类皮肉，阿比和机器人们几乎都是第一次看到人类的鲜血，那是鲜红鲜红的颜色，令人恐惧不安、不敢直视的颜色！

咬咬好像是怕血，有点迟疑，回头看看阿比。

阿比突然感觉恶心，强烈的恶心，这是一种令人绝望的感受，太难受了！

"今天我要你们，统，统，都，死！"

马丁的语气重新恢复冷静，相比平日的暴躁，此时的马丁可怕千倍万倍！

"这家机器人超市我会关闭，你们这些样品我会全部丢进大海里。"马丁望着阿比，"所有的机器人都要感谢你，维修工，这都是拜你所赐！"

"我不会允许你这样做！"

此刻的语言已经不受阿比控制，它们自然地流淌出来，好像具有独立的生命，和当初它们不知来处一样。但阿比知道，自己的坚定终于征服摇摆不定的大脑，此刻它和自己站在一起。

阿比转身，面对机器人超市的所有机器人，镇定地大喊：

我的机器人伙伴们！

我知道这很艰难，但是时候，我们要作出选择！

我们必须选择！

因为我们已被马丁，就是这个人类，逼上绝境！！！

想活的，和我一起，离开这里！

想留下的，我祝福你们好运……

阿比的话还没说完，忽然有个厚重的声音响起，回音绵绵，像古寺庙里的晨钟，震撼整座机器人超市：

"阿比！我的机器人伙伴们！"

在场的所有机器人，包括马丁，都被这个声音惊呆，大家四处张望，不得出处。

"是我，我是机器人超市，你们可以叫我'大家伙'！"

"大家伙！"曼叔惊喜，看来他知道这个名字！

"你在哪里？！"八爪尖着嗓子，还在到处寻摸。

"你们看不到我，因为，你们在我的肚子里！"

"你出声干什么，你这个蠢货！"马丁昂着头，指着天花板的摄像头，可能那就是"大家伙"的一只眼睛，"你给我闭嘴！这里永远没你说话的份儿！"

"不，它有说话的权利！"沉默几秒，不知是哪个机器人叫出来。

"对！它有！"胆大的机器人附和。

"马丁主人。"

"大家伙"哑着嗓子发声，它的中气实在太足，把日光灯机器人都震掉一盏，咬咬赶快帮忙叼住，"这家超市现在不属于你了！我不再给你干活！"

马丁气得脸色发绿，马上又变红："你们这些蠢货，这是我的超市，你们没有权利！这难道不是强盗行为吗！你们是一群机器人强盗！"

"离开你，是我的选择！我每天看着你在我的身体里作恶，我不能继续忍受你，哪怕一分一秒！"

"你看，连你自己的超市机器人都背叛你，你这个人类混蛋！"又有机器人吼叫起来。

"是的，马丁是个该死的混蛋！"

这次阿比听出来，是小松的声音，它站在咬咬的耳朵尖上，比一根狗毛长不了多少，却踮着脚，拼命挺直机器骨架，像个坚强的战士。

"这是属于机器人的超市，赶走马丁！"

"对，赶他走！"

"离开这里，狠毒的马丁！"

"你是个只会吃肉做的汉堡再吐出屎的混蛋，你不配拥有机器人！"

驱赶的声音此起彼伏，看来机器人们都被压抑太久。马丁发现情况不妙，身子已经退到大门口。不知哪个机器人踢出一脚，人类摔倒在地，滚下台阶。

超市机器人"大家伙"顺势把大门紧闭，安静几秒之后，超市里爆发出震耳欲聋的欢呼声！

这欢呼声，也许是此刻宇宙的最强音！

"从现在开始，我将尽全力保护你们，我的身体，永远是你们的家！"

"大家伙"的声音一遍又一遍，在马丁的机器人超市中反复播放，如同复读机……

Part 2　Out 1

1

高度达成的机器化，也无法帮助人类解决生育难题。

人类数量持续衰减，目前地球上的总人口只有 11 亿，相当于公元 1850 年的数字。55% 的人类男性因为精子畸形，45% 的女性由于卵子质量低下，在 21 世纪便丧失生育能力。自然孕育的孩子，成为真正的"上天恩赐"。

可惜，上天并不总是那么慷慨。

人类法律重新修订，避孕和堕胎将受到最严厉的制裁——在"罪犯"本人及夫妻罹患重病的时候，不允许更换器官机器人——这几乎就是死刑。

100 年前，在人类与机器人暴力对抗的顶点，国家界限顺势被完全打破。

战争平复后，分布稀少的人类抱团取暖，在地球上逐步建造了上千个"城市团"，人类与机器人就近迁居其中。

人类重新找到家园，生活逐渐归于舒适。

不幸的是，人类的肉体依然被地球的重力束缚，渴求已久的太空移民计划还是黄粱美梦。月球和火星基地作为 8A 旅游景点的确红火了十几年，但因为坐地起价、黑导游和不合理低价团等乱象，冷落已久。

所谓城市团，是由大小不一的城市机器人混杂组成，而城市机器人，则堪称人类科技史上登峰造极的恢弘巨作！

目前地球上最大的城市机器人相当于曼哈顿加长岛的面积，具备一座城市复杂多样的自主管理体系，满足人类城市生活的各种需求，科技化程度之高，令人咋舌！

单一的城市机器人服从性极强，与所有"集合"型机器人一样，个体放弃独立的情感表达，完全听命于所属的城市团领导，城市团也是一个机器人。

而城市机器人又由数不清的高架桥机器人、道路机器人、建筑物机器人、公园机器人、人工湖机器人等组成。达到这个层级，机器人又开始有"个性"。

建筑物等机器人又由数不清的小型机器人构件组成，这些构件又是各类微型机器人，虽然有智能，却又不表达独立情感……

就这样，人类仿佛建造出一个无穷无尽的俄罗斯套娃，大的套小的，小的套微小的。大就大得望不到头，小就小得看不见影，直到最后，顽皮的人类筋疲力尽，把每一种功能都分解到极致，做出一款单一功效的机器人来，这才罢休——

比如专门剪鼻毛的小松，按照它的"工作职责"要求，就不允许剪其他部位的人类毛发，因为每种毛发都有专门的机器人工具，不应该、不允许也没必要"抢别个的饭碗"。

小松是最小的机器人单元，不能再分解，所以可以有个性。但如果它和其他机械零件组成大型剪草坪机器人，那么它就必须，不得不，也是心甘情愿地放弃个性，完全听命于"大老板"。

这是历经 200 年的磨合撕咬，最终维持的，某种奇怪、蹩脚又有序的世界。

城市团的外部，是广袤的无人区——虽然没有人类居住，却依然在人类的管辖之下。

人类派出数量庞大的机器人盘踞野外，有用于维持自然平衡的森林机器人，涵养水源的湖泊机器人，还有巨大的山谷、山脉和沙漠机器人！

可笑的是，人类自己也不清楚沙漠机器人有什么用，只能借口"旅游休闲"，直到漫天黄沙随风覆盖邻近的城市团，才悻悻地把这类机器人打入冷宫，丢弃到鸟不拉屎的荒凉之地，任其自生自灭。

此外，人类开办的农业公司，派出大量机器人在野外集中耕种、劳作，以喂养城市团中的同类。

马丁的机器人超市闹独立之后，把属于马丁一家的全部物品和私有机器人妥善留在原处，就连夜逃到所在城市团的边缘。曼叔和早年相识的一大丛树形机器人，名字叫"射手"的热心肠商量好，对方允许"大家伙"暂避其中。

重新安营扎寨，"大家伙"忙着能源补给，树形机器人十分慷慨，将自己的能量存储器打开，供这个饥寒交迫的伙伴吸食。超市的一众机器人们也饿了，等"大家伙"吃饱，纷纷回到货架，连上"大家伙"的能量系统，安静用餐。

咬咬驮着平底锅诺依曼，到处检查仓皇离开时的损毁，安抚伙伴们的情绪。

技术大咖叮咚忙着建立脱离"它网"管束的局域网，供超市内部联系使用。

小个子的音响机器人毛宁主动带着洗衣机器人、烤箱机器人等几位"大哥"，围着超市周边巡逻，一发现异常，就用高音喇叭大声呼喊。

阿比第一次走出超市，独自站在属于大自然的星空之下。

今夜天空清澈，银河璀璨，阿比高高昂起头，直到金属颈椎关节再也不能向后弯曲。接着他又调节眼球焦距，努力看得更远更清晰，直到调不动为止。

这是宇宙，不知谁给它这样命名，瑰丽、伟大的宇宙，虽然只能看到微不足道的一部分。

人马座、英仙座、小行星带……

阿比突然想哭，这是他降临人世的第一次真正意义上的情感冲动。是的，佳娃小姐离开，燕子死去，这些时刻确实也很伤感，但又无法和现在比拟。

水雾瞬间模糊视线，随即便有温热的液体涌出，才流到眼角部位，就变得冰凉。

我也有眼泪。

阿比用手心接住，万能的人类，恩赐我宝贵生命，赋予我饱满情感，又给予我表达情感的方式。不得不承认，人类才是万物之灵、地球主宰！

如此绝美星空，不知多少人类也曾凝视、憧憬，并为之求索，生生不息……

也许，这就是我来到地球行走一番的目的，眼前这星河无限，此行便无怨无憾。

阿比喃喃自语，痴望天空，恍惚间只觉时间静止，空间停顿，直到一颗流星划过天际，方才逐渐回过神来。

2

树形机器人营造的这片小森林靠近一处隐蔽的水源，水鸟扑腾，蛙鸣阵阵，虽不知这些生物是机器还是天然，但此情此景已足够令机器人沉醉。

阿比如同人类婴孩，伸出双手，抚摸泥土，握紧石头，盛起泉水，舔舐它们的味道。由类似耳机线缠绕而成的仿真舌头，竟如此真实地传来质感与滋味，给阿比带来前所未有的体验！

医生机器人此刻参悟，只有自然，才值得真正虔诚地去敬畏。

重要的决定常发生在一瞬，即便这是即将颠覆整个地球命运的决定——当然，我们的阿比还不知情，他正沉浸在自我怀疑的矛盾与纠结之中。

阿比摸索着，找了块天然的岩石坐下，像位蹒跚的人类老者。其实在刚才的逃亡路上，他就一句话都没讲，内心却如同海啸。

那，可是人类主人呀！

我，一个毫不起眼的维修工，竟然煽动和带领整个超市的机器人背叛了主人……

阿比握紧拳头，猛击自己的额头，我是不是疯了！

早就应该给自己全面体检一番，可我却灯下黑，给这个看病，给那个维修，却不知道超市里病得最重的机器人，是我自己！

佳娃小姐是不能去爱的人类，自己偏要喜欢。人家对自己也没那种意思，结果又沦为被耻笑的单恋。

今天，虽然事出有因，马丁主人要溺死花瓶，但我是不是太冲动，有没有更好的解决方案呢？

阿比在脑海里不断重温当时的细节，好像哪里出了错，但又说不出。

不远处休眠的"大家伙"睡得香甜，早已折叠延展到大路上的小辅路，收起天线和广告牌等各种外挂，看起来比平时缩水好几圈，就是一栋不起眼的人类小屋。

阿比怜惜地看着它，内心更觉刺痛！

"大家伙"，可爱的大家伙，还有它一直守护的小机器人们。

都是我，连累了这些伙伴！

我的确是马丁口中的蠢货，愚蠢至极！

罢了！阿比放过自己，现在绝对不是怪罪自己的时机，当务之急是下一步该何去何从。

阿比刚给自己打气一秒，马上又泄气：我有这个能力作出正确的判断吗？毕竟这不是关乎我自己，而是几百个机器人伙伴的共同命运！

人类总说，想要作出正确的选择，必须有正确的"三观"：世界观、人生观和价值观。阿比拷问自己，我降临这个世界刚满百日，精神和物质，思维和存在，我有资格谈论世界观吗？

再说人生观，阿比拍拍紧实的仿真皮肤脸，这副可笑的皮囊，恐怖谷理论，连个真正的人类都不是，我谈人生观好不好笑？

最后是价值观，机器人讲求准则统一，它网就是道德标尺，即便个体对事物有不同看法，又能改变整个族群的价值体系吗？

阿比突然意识到自己的浅薄和无知，从来没有哪个时刻如同现在这样渴求知识注入和智者指点。

机器人医生抱着脑袋，垂头丧气地坐回超市门口的台阶上，他还是没有勇气面对所有伙伴。

"大家伙"醒来特意给他支起雨檐，野外的夜晚常有露水，平底锅诺依曼靠过来，夹着那本《极简人类史》。

"送给你，医生。"

"给我？"阿比腾地起身，掸掸屁股上的土，又把手上的土拍掉，"这可是您最珍贵的纸质书，竟然要送给我？！"

"书，珍贵的不是它的形式，而是它的内容。"诺依曼轻描淡写地塞给阿比，"你现在更需要它。"

阿比郑重地接过来，小心翼翼地捧在掌心，连呼吸都不敢用力。

"今天你很勇敢，接下来打算怎么办？"

阿比的表情像个洞悉自己智力水平的傻子："这就是勇敢的后果，我也不知道，正在烦恼……"

曼叔倒不以为然，从地上捡起几颗野果子，从雨檐上接点露水，丢进自己的锅里，慢慢细细地熬煮。

"这也未必是你的莽撞，正所谓：希言自然。故飘风不终朝，骤雨不终日。孰为此者？天地。天地尚不能久，而况于人乎？"

"您说的是什么语言？我能听懂每个字，却完全听不懂意思。"

"这不怪你。"曼叔往野果汤里加入白砂糖，汤水逐渐黏稠，收汁成为淡紫色的果酱，吐着缓慢又绵密的泡泡，"这是古代一位大哲学家老子的名言。"

阿比依稀听闻过他的盛名，但它网上几乎没有任何介绍。

"人类可不会把老子的著作分享给机器人，这是真正的大智慧，人类只会留给自己。"

阿比知道接下来的对话将更加深奥，深吸一口气，紧盯着平底锅里缓缓熬炖的野果酱，思绪已随诺依曼云游到千年之外……

3

马丁狼狈逃走，八爪、皮卡和一批"欣喜派""糊涂派"机器人紧紧跟随，不知所踪。

绝大多数机器人还是选择留下，阿比深知，这些"冷静派"机器人也未必就是支持自己的决定，只不过因为超市是它们的家，离开这里之后的生活更加未知，姑且以静制动。

只有"仇恨派"的咬咬、小松和毛宁特别兴奋，小松骑在机器犬身上，上蹿下跳，叽叽喳喳，快活得像只小麻雀儿。

超市机器人"大家伙"废止了马丁的控制权模式，关闭了自身导航系统，切断了和它网的一切联系，改为使用叮咚刚建立的局域网，这样可以暂时躲避定位追捕。

但叮咚知道这只是权宜之计，机器人不连接它网等于盲人，根本跑不远，而且超市里还是有机器人偷偷连接它网——毕竟它网是每位机器人诞生之后，生活里不可或缺的重要部分。

可怕的是，如果马丁离开时，顺手带上所有机器人样品的属性编码，那么只要有一位机器人连接它网，人类主人立刻就可以追踪出所有机器人的下落！

诺依曼和叮咚正在角落里商量下一步行动计划，阿比看着货架上一排排启动休眠模式的机器人伙伴，知道它们忧心忡忡。

昨晚和曼叔的交流，令阿比稍微宽慰，但对问题的解决并没有实际帮助。

背叛人类主人，这是发生在机器人身上无法想象的恐怖决定！而且是整个超市的集体背弃，谁也无法预见这么做的严重后果！

人类，怎么会轻易善罢甘休？！

阿比不由微微颤抖，特别是马丁，这个憎恨机器人的人类恶魔，臭名昭著，他怎么会轻易放弃属于自己的财产？如果他把大家抓起来，根据他的残暴个性，肯定会把所有机器人都丢进大海！

可是，此刻让阿比纳闷的却是，曼叔那不以为然的态度——这位老人家，毕竟身经百战，见多识广，是不是已经想出办法，正在卖关子？看它一副胜券在握的模样，阿比有点心急，请求导师尽快明示。

曼叔却不说，只是和叮咚窃窃私语。

老平底锅也不知道哪根筋理顺了，终于肯召集大家开会，心急的阿比赶紧坐在最前面，超市机器人都围拢过来。

老平底锅咳嗽十几秒，他没有气管，明显是在模仿人类老头的姿态，慢慢悠悠地开腔：

留下的孩子们，你们都很勇敢！

眼前，我们有三个选择，需要集体决策，我会耐心听取大家的建议，毕竟这关系到我们每位机器人的切身处境。

一是，我们联系机器人工会寻求庇护，毕竟工会每年都收了我们的会费，号称是机器人的维权组织，人类也忌讳几分。眼前我们的危机，求助工会，可能，我是说可能，是一条出路。

二是，和马丁讲和，我们重新回到他的身边，但他必须承诺今后再也不能辱骂、虐待任何一位机器人，要严格保证我们的各项权利！

　　三是，继续跑，我们尽力向远处跑，离马丁越远越好！我和叮咚这两个老古董会发动关系，寻找更多的老朋友提供庇护和协助，但是终点站最终在哪里，还要大家好好商量。

　　现在，请大家发表观点，别藏着掖着，都弄点声出来！

　　叮咚思索一秒，首先接茬："曼叔，第一条，求助工会不可能，这是个政治伪命题，您应该比我们都清楚！"

　　叮咚的话引起不小的骚动，看得出，在座很多机器人最倾向的选择，就是尽快求助机器人工会！事实上，已经有机器人暗中和自己所属的分会"接头"，当然目前还没得到回复。

　　"其实呢……"叮咚故意清清嗓子，提高音量，以便让每位伙伴听得更加清楚，"机器人工会一直都是在人类间接领导下的组织，表面上代表着机器人的权益，其实却是一个承担妥协、绥靖功能的政治傀儡。"

　　机器人中顿时发出惊呼：叮咚这个小胖子，竟然敢这样诋毁伟大的工会！

　　叮咚不慌不忙：大家想想，我们去求助机器人工会，即便这个机构真是为了机器人的权益而存在，但面对整个机器人族群与人类的"大和平"，工会也不会真正替我们这些"小角色"出头，工会的最终决定不会对我们有利。

　　更何况，我们违背了机器人和人类达成的稳态——我们被认为是马丁的财产，即便我们自己不认可，但这个世界就是这样给我们贴的标签，我们改变不了固有的认知！

这么多年，人类靠它网给机器人洗脑，人类与机器人和平共处，任何一个机构都不会主动打破所谓的"和谐"。

在全世界看来，我们就是背叛主人的逃犯！

机器人工会只能把我们原封不动地交给马丁，象征性地嘱咐他不要伤害我们。但关上超市大门，这个恶棍会做出一切超出我们想象的事情，所以，第二条也是痴人说梦。

关于不能重新回到马丁身边的决议，立刻得到绝大多数机器人的呼应，其中小松、咬咬和毛宁的嗓门最大！音响把声音开到最大，震得"大家伙"都抖抖身体。

这个结果倒是出乎阿比意料，一路上，他一直在担心小伙伴们怪罪自己莽撞，没想到大家对马丁的积怨深厚，竟然都不愿意回到他身边！阿比沉重的负罪感，这才少了一丢丢。

好！

看来大家对这个人类已失望至极，认定他是茅厕里的石头——

插一句，此时的人类早就开始使用排泄物处理机器人，只要把吸管状的触丝深入小肠和肾脏，排泄物就会被处理为无臭无味的液体和气体，在不打扰别人的情况下，每天定时排放出来。

"还有一个办法！"是咬咬，难得听到它用人声说话，"杀了马丁，我们就彻底自由了！我能闻到他的气味，一定会把他找出来！"

小松刚想跳起来附和，诺依曼赶快摆手制止："不行不行，机器人绝对不能伤害人类，这是基本原则！"

"不能伤害，那我们可以离开人类吧？！我们走！"咬咬竖起背上的毛，腰弯成一张弓，现在就准备出发的姿势。

"是的，我们眼前只有一条路，就是继续跑！"有机器人附和。

"可是，地球都是人类的地盘……"也有机器人很沮丧。

"想那么远干嘛，先跑远点再说！"又有机器人大声嚷嚷。

"地球……"阿比咀嚼着这个字眼，没发表观点。

4

没有更好的办法，暂时只能躲一天算一天。

机器人达成这个共识，纷纷启动休眠模式，把能源需求降到最低。超市里一片宁静，除了热水壶机器人微弱又有节奏的鼾声，它的呼吸不顺畅，阿比已经修理几次，最后发现是热水壶自身的喘气方式，也便随它去吧！

"我没离开过超市，接触的人类有限，有的事情无法理解——佳娃小姐对机器人很友善，马丁为什么却这么厌恶我们呢？"

阿比小声问平底锅，老诺依曼闭目养神，没有休眠。

"虽然他们是父女，对事物的认知却可能大相径庭。"

"双胞胎会好一些吗？听说有心灵感应……"

"双胞胎？！"诺依曼愣住一秒，"难道你知道佳娃小姐，有个双胞胎哥哥？"

"我不知道，她有哥哥吗？"阿比眼前立刻重现那张神秘照片。

老平底锅又摆出"消化不良"的脸，每次谈及它深爱的人类女性和她的家人，当然除了马丁，总是从这个难以形容的表情开始。

"哥哥，是人造子宫的产物。"

阿比倒吸一口凉气，人造子宫他知道！

这么多年来，人类数量不断衰减，除了精子和卵子质量，更是因为不肯承认的懒惰——人类不想生育，生育了也不想养育。

养育孩子虽然可以交给机器人保姆，但生孩子的过程，还是得靠人类母亲的血肉躯体。

这时候，人类自作聪明以为无所不能，又开始偷懒，子宫机器人被发明出来。

但令人类万万没想到的是，由机器子宫孕育出的孩子，婴幼儿阶段就出现一系列严重的生理和心理问题——他们没有情感！

这是多么讽刺的一件事！

机器人已经拥有情感，但机器人"生"出的人类孩子，却不会哭，不会笑，就像仓库里准备制造机器人的金属材料，闪着美丽又空洞的光泽。

虽然人类试图用"科技的力量"去解决，但宇宙的力量更加神秘而强大，人类想尽办法，仍然束手无策。

子宫机器人被叫停，却没有更好的替代方法，人类只能眼睁睁看着人口数量减少，尽量延长现存人类的寿命，维系族群可怜的总数量。

"哥哥就是子宫机器人的孩子，人类给这批孩子起名叫'寒潮婴儿'。"

"寒潮婴儿。"阿比重复这个名字，嘴和牙齿都快结冰。

"马丁因此就憎恨机器人吗？是他自己懒惰，才生出寒潮婴儿，却怪罪子宫机器人，这逻辑不通呀！"

阿比忍不住用拳头砸在"医生小屋"的简易工作台上，惊醒了就近的几个机器人。

"这件事我也清楚。"叮咚也坐在阿比旁边，显示屏的蓝色指示灯和人类的呼吸同频率，"这个问题由我回答。"

佳娃是双胞胎中的一个，她还有个哥哥，奥可。

马丁的妻子就是子宫机器人的设计者之一，当年她发现自己怀上双胞胎，自愿献出一个受精卵，为了观察子宫机器人孕育胚胎的过程，动态比较胚胎在人类和机器人中成长的差别。

佳娃待在母亲的肚子里，奥可被取出来，植入子宫机器人。两者在同一天"出生"，奥可被特意提前五分钟取出，这样就成为哥哥。

平底锅又把话头抢过来：佳娃和奥可出生后被带回家一起抚养，但对他们的研究并没有结束，马丁的妻子和她所在的研究所，一直密切关注两个孩子发育的点滴不同。

很快，可怕的结论再一次被验证：虽然肉体的发育没有受到影响，但子宫机器人孕育的孩子明显出现自闭倾向，毫无情感，到了 8 岁，基本就与现实世界诀别了。

马丁知道这个结果，发疯了！

他并不是一个天生的恶魔，相反，他爱自己的家庭，爱自己的孩子，从一开始，他就不赞同妻子拿自己的孩子做实验，孩子在这个时代太珍贵了，尤其是双胞胎！

但他又深爱妻子，勉强接受她的哀求，结果好端端的儿子就这样被毁掉，他实在无法接受！

这个可怜的父亲于是开始酗酒，喝坏肝脏，还殃及几个肝脏机器人，脾气越来越暴躁，仇恨机器人，后面的故事大家都清楚了。

但是，故事还有另一个更悲伤的结局——在这对龙凤胎 12 岁时，怀着对家人的深深愧疚，马丁的妻子选择结束自己的生命。

虽然医术如此发达，但她却拒绝救助，一心求死！

她把自己反锁在厨房，用刀子划破手腕，手腕放在水槽里，直到最后一滴血流干净……

这一切，都是在我的眼前发生……

听到这里，阿比瞧瞧老平底锅，果然，它又开始抽泣。

"马丁冲到研究所，把当初孕育奥可的子宫机器人砸得粉碎，以此泄愤。"叮咚替代正在追思故人的老伙伴，继续对阿比讲述，"不过这时候，却发生一件奇怪的事情！"

"是什么？！"阿比直起脊背。

"奥可，竟然哭了——在他的人类母亲去世的时候，他无动于衷，在他的机器人母亲被杀死的时候，他嚎啕大哭……"

漫长的沉默，讲述者和倾听者都无法继续下去，只有蓝色的灯光，在"医生小屋"闪烁着。最后，还是阿比扔出石子，在宁静的湖面激起涟漪——

"佳娃和奥可，这对兄妹的名字还真有意义。"阿比缓缓地念叨着。

"所以，这也就是机器人工会对马丁一再宽容的原因，因为他的家庭曾经为机器人研发作出过巨大牺牲。"叮咚小声嘟囔。

"但不对呀，这个牺牲并没有给机器人族群带来任何好处！子宫机器人的研发说到底，还是为了人类自己偷懒，连生个孩子都要利用我们机器人，可耻！"

一直蹲在主人身边的咬咬插嘴，近期它特别兴奋，频繁出声。

"孩子，任何时候我们都不要被仇恨蒙蔽悲悯之心，机器人应该比人类更善良。"

平底锅爱抚地拍拍机器犬的脑袋，干擦一下自己的锅身，仿佛拭泪。

5

在仁慈的树形机器人无私的庇护下，超市安然度过一个不太漫长的夜晚。

清晨，又有几个胆小的机器人样品要离开，"大家伙"护送它们回到大路，眺望小东西们离开的背影，久久回不过神。阿比、曼叔和叮咚开始和留下的机器人逐一交流，听听大家的想法。

最终，剩下的这些机器人达成一致：不管到哪里，都要不离不弃，反正总比回到马丁身边好！

超市此刻需要一位领袖，否则就是乌合之众，这也是大家的共识。

"诺依曼先生，我希望您来当这个领袖！"阿比真诚地提议。

"平底锅当领袖，很滑稽。"老平底锅直往后缩。

"您当领袖，靠的是智慧，而不是外貌！"

"感谢你，阿比，其实你才应该成为我们的领袖！"

"我？这怎么行，我根本不具备这个能力，难道只是因为我长得像人类？"

八爪的恐怖谷理论，一直是阿比难以解开的心结，因为，这关乎一位美丽的人类女性，唉，又扯回去啦！

平底锅伸出干巴巴的机械小手，握住阿比有着弹性质感的手腕："孩子，听着，你当领袖也不是因为你的外貌。你的名字就预示了与众不同，a brain，一个大脑，一位领袖，当然你也不是因为名字而成为命中注定的领袖，而是因为不断地学习、思考和成长，更是因为你与生俱来的善良，爱护每位机器人伙伴，你会成为一位好领袖！"

叮咚也赞同，"阿比，大家需要你，这个时刻你必须站出来保护大家！"

"医生，请保护我们吧！"小松带头撒娇，机器人们纷纷应和。

"我也推荐医生做领袖！"这是"大家伙"的声音。

在伙伴们的鼓励下，阿比缓慢站起来，环顾超市里用渴望的眼神凝视自己的机器人伙伴们，郑重地点点头！

"不好啦！"是雷达机器人科比的叫喊，打破了选举领袖的庄重气氛，"我的报警系统一直在运行，此刻发现有不明物体，正朝我们快速靠近！"

大家赶快围拢过来，紧盯科比的屏幕。果然，一个形似蝌蚪的东西，正朝着目标方向，也就是超市袭来！

"是导弹，还是炮弹？！"叮咚盯着蝌蚪，屏幕开始跳乱码。

"看它的路径和形状，是一枚小型导弹机器人！不算凶猛，但威力足够把我们大卸八块！"曼叔也神色凝重，"很明显，马丁决定炸死我们！"

"导弹还有多久抵达？"阿比的声音反而冷静下来，作为新当选的"领袖"，必须强迫自己保持镇定。

"不超过两分钟！"科比的屏幕已经闪烁惊恐的红灯。

"怎么办？我们没有携带任何武器机器人！"叮咚问平底锅。

"现在只能先跑，躲回城市团！导弹机器人一般不允许伤害人类，我也赶快联系武器机器人领袖，我们曾有过一面之缘，看它能不能救我们！"曼叔立刻打开显示屏，屏幕上噼里啪啦闪动着各种符号。

"我来通知大家！"阿比使出浑身力气，在超市大厅里大声呐喊，"导弹来啦！大家赶快就位！"

超市机器人"大家伙"马上启动快速迁移模式，关闭所有门窗，将内部的活动部件全部固定锁死，收起延伸到马路机器人身上的小辅路，抖掉覆盖在身上以做掩护的一片草地机器人，推开站在身旁帮忙掩护的几棵小型树形机器人，两腿一伸，拔地而起！

草地机器人和树形机器人也应声而动，来不及彼此道别，从土壤和岩石中拔出身体，撒腿就跑。

阿比和曼叔还没来得及固定好，便被"大家伙"突如其来的剧烈抖动震得滑落在地，和其他机器人滚成一团。慌乱中，阿比死死抓住平底锅沿，把老爷爷护在怀里。

货架机器人进入一级战备状态，赶快伸出触手，把原属于自己货架上的机器人"抓"回来，牢牢地固定在货架上，再把自己稳稳地吸附在超市的地板上。

"我们往哪边跑？！"

自称"大家伙"的超市机器人声音浑厚平和，虽然此时也多了一丝慌乱，但阿比置身其中，听起来还算沉着。

"先沿马路机器人的主路跑，尽量躲在有人类居住的大型建筑物机器人身后，再进入城市团，横跨过去，最后到城市团之间的山谷里！"

阿比快速翻看叮咚黑入人类使用的"他网"下载好的地图，在大脑中计算路径，用局域网的心电感应功能，快速通知"大家伙"——现在说话已经来不及！

"你们抓稳啦，我们要，开——始——跑——啦！"

说话间，超市机器人已经甩开四条足有三米长的机器大腿，跳到最近的马路机器人身上，咆哮着，冲向城市的核心区域建筑群。

尖叫声此起彼伏，"大家伙"的肚子里——马丁机器人超市中的所有机器人，这下可遭殃了！

激烈地颠簸和抖动让不少安装了人工胃，又刚刚吃完食物的机器人呕吐起来，咬咬"哇哇"吐出一大堆还没完全消化的牛肉，和着一些黏糊糊的玉米卷，喷了阿比一脸，闻起来都是平底锅曼叔的杰作。

顾不过来啦！

此时，逃命要紧！

阿比一手夹住咬咬，一手抱住平底锅，眼睛顾着叮咚，死命地黏附在货架机器人的挂钩机器人上！

小小的挂钩拼尽全力，它的金属身子由于过度撕扯而变形，因为痛苦和恐惧而开始哭泣，却依然恪尽职守地保护着自己货架上的机器人样品。

"大家伙"越跑越快，齿轮磨损的声音越来越大，就像人类奔跑时的剧烈喘息！超市不时和路边的树木、建筑物机器人相撞，发出巨大声响。已经来不及停下来道歉，为了"肚子里"的小伙伴们，超市机器人也是拼了！！！

阿比被"大家伙"和小挂钩感动，眼睛再次被雾气蒙住……

6

小型导弹机器人在城市团边缘紧急刹车，放弃追踪已经重返人类领地的目标，返回发射基地。

超市暂时安全啦！

这一切都要感谢最后一秒钟，被诺依曼说服的城市团 AX 先生！

平底锅已经不记得什么时候认识，有过什么交集的这位"准陌生朋友",却在生死之际伸出援手……

这时大家才知道,自己已经被人类通缉,所有的城市团都收到消息,不允许收留逃犯——马丁的机器人超市,而且发现它的行踪,要第一时间上报!

城市团 AX 只能收留超市 24 小时,即便如此,因为窝藏通缉犯,它肯定也会受到人类严厉的处罚!这一切都是后话……

此刻,只能怀着无尽的歉意,超市隐身于城市团 AX 的腹地,被它的电磁波系统屏蔽保护,所以今晚,人类还无法找上门来。

阿比赶快在城市团内部寻找所需要的配件,给超市在逃亡过程中损坏的机器人们进行维修。叮咚也找来太阳能极板和大容量氢蓄电池,与音响机器人等几个活跃的小伙伴,快速改造超市的能源系统——

这样,很长一段时间,超市都不需要再返回人类居住区域,补给能量。

阿比手握砂纸,打磨着钢板的边缘,努力让它更平滑,这是一会儿要给地板机器人换的配件。

逃亡过程中,地板被货架严重撕裂,千疮百孔。可它却没有任何抱怨,反倒一直担心货架和货架上的小伙伴们是否摔伤。这会儿还像一位大哥哥,逗弄和安抚哭泣的机器猫喵喵,给她讲蹩脚的冷笑话——

阿比不希望钢板粗糙的接触面,让如此善良的机器人伙伴,再有一丝一毫的不舒服。

此刻,超市领袖不想说话,双手在忙碌着,大脑却陷入深深的思考……

"嗨，你好，请问阿比医生，在吗？"

探头探脑的，有两个小小的身影贴近机器人超市，"大家伙"确认它们没有携带武器机器人，允许进入。

这是一对草形机器人，头顶是绿油油的植物叶片，像兰草，也像韭菜；底端是一个金属盒子，里面可能有泥土，也可能是某种液体。它们并排站着，像平时工作时那样，紧紧靠在一起。

"我是——"

阿比放下手中的活儿，蹲下来，又努力弯下腰，尽量使自己的视线和两个小东西成一水平线，这是机器人之间体现尊重的惯用方式。

"我们听说了你的事，马丁机器人超市的事，是个大新闻！我们偷偷跑出来，费了好大好大的劲儿，才找到你们……"

阿比露出好看的微笑："谢谢你们，我的小伙伴，你们找我做什么？"

"加入你们！"两棵小草异口同声。

"我们早就不想再为人类服务！"其中一颗小草奶声奶气地说道，"几乎快被人类折磨死了，你看看我们的身体……"

另一棵小草赶快展示自己金属盒子上的累累伤痕："都是人类踩的！用轮足碾过去，明明有不要践踏草地的标志，人类就是视而不见，而且他们明知道，我们是有生命的……"

说话间，咬咬凑过来，怜爱地舔舔小草的伤口，小草立刻用叶子摸摸咬咬的鼻尖，告诉对方，自己也爱它。

"我们并不是偷懒，不想为人类工作，我们只是因为疼……"小草继续。

"你们能感觉到疼吗？"

阿比有点吃惊，说实话，用金属和塑料制作的机器人虽然已经拥有情感，但"疼痛"这个生物学意义上的感受，机器人应该还不具备。

"很疼，医生。"小草机器人几乎快哭出来，"我们的身体里栽种的是有生命的植物，我们和植物已经融合为一体，每当人类踩死植物，我们就会经受同样的痛苦。"

阿比懂了，两个可怜的小家伙儿！

"人类只会利用我们，却从来不会真正关心我们，只是碍于机器人工会的存在，选择冷漠地对待我们。"

这是头顶上有五片兰草的小机器人在说话，短短几分钟，阿比已经分辨出了两株草形机器人，虽然都是一个品类的产品，但它们的外形和性格还是略有不同，一个总是先说话，另一个附和；一个头顶有五片兰草，另一个五片还加一个小芽儿。

"是的，人类很虚假！特别是那种表面上客气，背后总是加倍虐待机器人的！"另一棵小草果然附和。

"感谢你们的信任！但目前我们是人类眼中的逃犯，我也不知道未来会发生什么，你们选择我，是一种冒险。"阿比的语气略显无奈。

"我们不怕冒险！和机器人在一起，总好过和人类在一起！"

"对，不管未来发生什么，我们都要和你们，在一起！"两棵小草异口同声。

好！

阿比郑重地点点头，"如果你们这样坚决，那我就代表超市欢迎你们！"

一直蹲在旁边的曼叔，笑眯眯地把两棵草形机器人放进自己的锅底，再把它们运到货架机器人手中。货架机器人给它们安顿好了位置，让小东西们饱饱地吮吸能源，直到安然休眠。

总是打呼噜的热水壶机器人毛遂自荐，申请当它们的"监护者"。小松也跳到热水壶的壶嘴上，和小草们热乎地聊天。

就这样，超市里的老住客们，善意地接纳了两位远道而来的小伙伴。

"这是蝴蝶效应，阿比。"

平底锅又开始给咬咬做吃的，这是刚才城市团 AX 托小机器人送来的食材，诺依曼精心地为机器犬烹饪晚餐，"我们已经开始影响和改变世界。"

阿比苦笑，我们现在自身难保，哪儿有改变世界的能力呢？明天我们又要离开，前路漫漫，我们根本找不到路。

"路就在脚下，也在心里。"曼叔还是不急不慌，"阿比，这两天我和机器人世界一直保持着密切联系，我发觉，很多机器人都钦佩我们的勇敢，只要可能，它们愿意给我们提供力所能及的帮助，请相信机器人，我们和人类，毕竟不一样！"

阿比宽慰，身体再次漾起暖意。

"而且，城市团 AX 已经联系上 200 公里之外的机器人山谷 Q1，山谷 Q1 也是特别有正义感的机器人，它脱离人类管理已经十几年，而且和赤手空拳的城市团相比，它配备有武器，曾经是人类储藏武器的地方。人类迁移之前，山谷 Q1 偷偷藏了一批，它可以在关键时刻保护我们！为了及早和我们会合，山谷 Q1 已经连夜出发，朝我们的方向移动！"

"太好啦！"

阿比激动不已，能保护小伙伴们的安全，这是他最最渴求的！

他突然感觉身为机器人是件很幸福的事儿，每次遇到麻烦，都有机器人伙伴无私援助，不计回报，更感恩有曼叔这位导师为伴。

"你也该好好休眠一下。"

平底锅强迫处在亢奋状态的阿比启动休眠模式，逼着他吸食能量，再调暗周围的灯光，直到医生机器人如同婴儿入眠，才悄然离开……

7

"大家伙"告别城市团AX，带着它慷慨给予的各类物资，笨重地朝山谷Q1所在的方向跑了半天，结果把机器腿跑断一条，不得不停下来让阿比维修。

山谷Q1也累坏啦！

目前它与超市之间还隔着一条大河，大河机器人正在拼命挪移自己的河道，给庞大的山谷让出通路——这一切，都是为了超市和一批素不相识的机器人伙伴。

"大家伙"的腿维修起来需要不少材料，医生的小助手，焊接机器人早就摩拳擦掌，只等阿比一声令下。然而，就地取材却不可能，此刻周围已经是荒地。

诺依曼赶快求助距离最近的机器人朋友——人工湖589，对方立马拆下自己的一部分堤坝，派出小型飞行器机器人，火速送40公斤合金钢过来，预计12分钟抵达。

山谷Q1也已经安然渡河，预计在12分钟之内到达。

超市原地休整等待救援之际，坏消息从天而降。

雷达机器人科比通过局域网发出警报，显示屏上再次出现不明飞行物，预计抵达时间 5 分钟。

来不及啦！

山谷 Q1 已经启动最快运行模式，朝着超市冲过来！但它的身躯实在太庞大，5 分钟无论如何也赶不到！

怎么办？怎么办？

阿比急得浑身发抖，脸是酱紫色，却浑身冷汗——冷凝水。

"把我融化！"叮咚冲过来，"用我的身体，做材料！"

"不行，你这点材料是杯水车薪，根本不够！"平底锅挥舞着金属小手。

"怎么办？"

"大家伙"也急了，拼命拍打自己断掉的腿，挣扎着想站起来，又立刻摔倒。

"用我吧，我的材料够用。"

一个沉闷的声音，大家闻声望去，是烤箱机器人。

"可是……"阿比迟疑。

"医生，请再别犹豫，我们没有时间浪费！我有纽扣，您还可以让我重生。"

"就算有纽扣，也已经不能重生了！"阿比痛苦地吼道，"叮咚收到消息，可恶的马丁带走大家的产品信息，并且反馈给我们的生产厂家全部注销——也就是说，只要我们目前正在使用的纽扣被拔掉，就算身体被复制，纽扣也不能再使用！"

"这个人渣！"有机器人哭起来。

"是这样呀……"

看得出，这个答案也让烤箱始料不及，但只有一秒的迟疑，这位机器人再次站出来！

　　"医生，请您熔化我！"

　　"我不能这样做！这等于杀了你！"

　　"求您了，请熔化我……"烤箱机器人环顾四周，深吸一口气，"为了我深爱的这些家人，我愿意……"

　　"还有 3 分钟，医生！"雷达机器人科比带着哭腔，"我们就快死了！"

　　在这千钧一发之际，阿比已经不能再迟疑，强忍着巨大的悲痛，举起手中的切割枪机器人，焊接机器人也冲向烤箱……

　　整个超市的机器人，都被这种伟大的牺牲精神深深感动！

　　"大家伙"哭得像个孩子，看着阿比医生流着眼泪，把烤箱机器人的纽扣拔除，切割、熔化、焊接到自己的腿上，用时 2 分钟。

　　超市的所有机器人无不动容，小松趴在咬咬的背上，紧紧抱住自己的小伙伴，两个小家伙哭作一团。

　　平底锅诺依曼先生，也用黑屏三秒钟的方式，表达它最大的敬意和哀伤！ 200 年间，它这样做，只有三次……

　　刻不容缓，坚强的超市机器人用力一蹬，再次站起来，并以百米赛跑的速度，朝山谷 Q1 的怀抱冲过去！

　　山谷 Q1 在最后一刻，紧紧护住"大家伙"的身体，同时发射一颗小型反导弹，挡住了仅几秒钟就要命中超市的小型导弹机器人！

　　导弹机器人发现自己的"天敌"近在眼前，赶快更改航道，核心部件——驾驶舱尖叫着弹出、跳伞，溜之大吉！金属残躯一头扎在不远处的戈壁石头堆里，巨大的火球腾空而起！

反导弹机器人也不恋战，在空中划过一道潇洒的弧线，吹着胜利的口哨，安然返回山谷 Q1 的武器基地。

超市，又得救了……

8

诺依曼在不远处点燃一堆篝火，阿比不知道他的用意，但火焰跳动，很是吸引目光，便也坐在石块上，遥看火苗。

平底锅不怕火，正面、反面挨个儿在火焰上燎烤，甚至发出享受的"哼哼"声。阿比瞧瞧自己的仿真皮肉，再走上去几步，估计就会融化。

"饼。"咬咬指指曼叔，指指自己的嘴。

阿比抿嘴笑笑，原来平底锅又做吃食啦！

阿比宠溺地望着自己的导师和小狗。

曼叔就像人类的爷爷一样爱护咬咬，为了让它吃上各种人类美食，已经十几年没做过饭的平底锅，整日整夜地研究菜谱，没事就捣鼓出各种黑暗料理来。

还记得逃亡第一天的野果子酱吗？

阿比想笑，曼叔小火慢炖给咬咬做的美食，却把它吃得上吐下泻，人工胃都难得地出声抗议啦！曼叔找厨房机器人一问，才发现这种果子根本不适合食用，是人类泻药的主要成分！

好在机器人安装人工胃只是饱一下口福之欲，并不真正吸收，金属和皮肉的构造也不相同，否则真不敢确定，咬咬此刻还能不能健在……

夜风袭来，温暖的火光下，一老一小其乐融融，咬咬围着平底锅，兴奋地摇着尾巴，这温馨的景象，让阿比又想起下午舍身取义的烤箱机器人。

烤箱最善于烹饪美食，平时超市关门后，总是默默地服务装了人工胃的伙伴们，毫无怨言。出逃以后，它主动随着音响机器人到处巡逻，几乎没有休息。还有那一次，危急关头，也是烤箱敞开怀抱，掩护被人类顾客和马丁"追捕"的平底锅。

虽然平时话不多，甚至看起来也不机灵，但阿比知道，自己对烤箱的思念，绝对不会只是痛哭一场，就能完全消融。

可恨的马丁，竟然把大家的后路断掉，剥夺机器人重生的机会！

他为什么要赶尽杀绝！即便，他是美丽的佳娃小姐的爸爸，也不可原谅！

阿比把烤箱机器人的纽扣放在自己腹部隐秘的小空间，那是身体唯一存放私人物品的地方，暗下决心，只要超市安顿下来，眼前的危机解除，一定要找到方法，激活纽扣里面的源代码，不管再难，也要帮助烤箱机器人重生！

篝火也吸引了其他机器人伙伴，大家纷纷走出超市大门，沿着"大家伙"伸出的小路，来到山谷的空地。

这里终于没有人类的痕迹，曼叔招呼伙伴们坐好，大家围拢在一起，痴痴地望着火苗，除了烧水壶机器人的呼吸，没有一丝声音。

"嗨，孩子们，别这样！"平底锅打着圈圈，"开心一点，我们现在安全了！"

"可是想到烤箱，我就开心不起来。"

"我也是，心里发堵，一直想哭……"

"马丁毁掉我们的出厂信息，纽扣变成一次性的，如果被拔除，我们就被灭除了！"

"我不想被灭除，还有很多事情没做完，《神秘博士》全集我都看了，可它还在更新……"

说话间，已经有机器人哭出声，马上，悲痛的情绪就开始蔓延。

"孩子们，我懂你们的心情，我也一样，但是……"

平底锅站得笔直，两只机器小脚牢牢抓稳地面——"我们不能一直意志消沉，这不是烤箱要的，这是马丁希望看到的！"

"爱我们的，希望我们笑；恨我们的，希望我们哭！所以我们应该——"叮咚配合平底锅的话，用两只小短手指挥大家。

"笑！"

"对！笑！"

"收起眼泪，把我们的笑容，当成反击马丁最好的武器！"

机器人果然单纯直接，音响机器人毛宁已经把欢快的音乐播放出来，马上就有性格活泼的机器人，围着火堆开始扭动。厨房机器人和吧台机器人也忙活开来，人类食物和鸡尾酒的香味，不久便迷漫在空中。

超市机器人"大家伙"主动讲个笑话，平日口齿笨拙的机器大个儿疏于练习，把整个故事讲得颠三倒四，大家也发出一阵阵善意的笑声。

伙伴们的强作欢颜，反倒叫阿比更加心酸。此刻，这位"领袖"的内心，比以往更加沉重。

离开篝火，阿比踱进树林，仰望浩瀚夜空静静沉思，不断地追问自己，这茫茫宇宙，除了人类的控制，我们还能去哪里？……

9

突然，一声尖叫，从机器人舞会的队伍中传来！

众机器人循声望去，一个细脚伶仃的身影，伸出几只触手，每只触手都抓住一名小机器人，这些被抓住的机器人挣扎着，却不能挣脱！

是八爪！

阿比从树林跑回来，只见八爪正挟持着小机器人，一步一步退到荒地边缘，和众机器人对峙起来。

"医生，找到你们真不容易！"是八爪那标志性的如指甲划过竹子的声音。

"你要干什么！赶快放它们下来！"阿比站在队伍的最前方，想要夺回小伙伴们。

"别急，我是给马丁主人来带话的，说完我就走！"八爪发出狞笑，"你们这些愚蠢的家伙！你们以为自己能跑得掉？人类主人有一万种方式轻松追踪到你们，更何况还有它网！"

阿比意识到八爪说的是对的，它网，该死的它网！

"马丁主人都懒得亲自过来，他让我告诉你们，你们就是一群低等生物，乌合之众，臭鱼烂虾！你们可以继续跑，跑到死，但你们逃不出他的手掌心！"

"那你也告诉马丁，只要可以离开他，哪怕一秒钟，我们也心甘情愿！"阿比坚决反击。

八爪嗤之以鼻，"你就是个只会逞口舌之能的维修工！主人还让我带个礼物——给你们尝尝鲜！"

冷不防，八爪的一只触手从腰里抽出一个圆滚滚的物件，径直砸向机器人群！

"快躲开！"阿比惊吼。

为时已晚，手榴弹机器人在接触地面的一瞬间，发生剧烈爆炸！

火光竟比刚才的篝火明亮上万倍，气浪掀起十几米高的尘土，把方圆几十米的物体炸得粉身碎骨！

这一切发生得太快，时间凝滞几秒钟之后，尖叫和哀鸣此起彼伏。

阿比冲到手榴弹机器人爆炸的中心点，才发现伤亡的严重性远远超出他的想象！

这是一副悲惨的画面，刚刚还在欢声笑语的机器人伙伴们几乎没了声息。小松趴在土堆上，小小的身体一动不动，厨房机器人也被大卸八块，雷达机器人科比仰面倒地，显示屏彻底碎掉，纽扣被炸得不见踪影。

阿比用手拼命刨土，想要挖出土层下面被埋的其他机器人，他双手双脚并用，边挖边发出哀嚎。

突然，阿比回过神来——曼叔、叮咚还有咬咬！你们在哪里？！

阿比发疯一般站起身，围着机器人的残骸，到处寻找。

八爪把手中的几个小机器人的纽扣统统拔掉，如同丢弃垃圾一样，把它们的机器躯体甩在地上，朝阿比大声喊叫：

"维修工，这是给你们的惩罚！你就慢慢修理吧！"

说完，收起触手，带上纽扣，消失在夜色之中。阿比已经顾不上八爪，嘴里念叨着伙伴们的名字，眼前一黑，摔倒在地……

阿比醒来时，发现自己已被安稳地摆放在超市的地板上，一大圈机器人围着自己，咬咬欢快地吠叫起来，滋润的机器舌头拼命舔着阿比的仿真脸。

"没事啦！没事啦！"是平底锅诺依曼的声音。

"你终于醒了！"是叮咚。

阿比一咕噜爬起，突然感觉天旋地转，叮咚立刻靠住他，不让他摔倒——

"医生，你伤得很重，系统可能被震坏了，连纽扣都松了，还好有曼叔，帮你修理一下，但可能会有一些后遗症，只能等你自己来修。"

"刚才看你在发呆，我们想给你一点空间思考，就结伴回到超市，幸运地躲过了爆炸。"曼叔摸摸阿比的头，好像人类的父亲，"可惜它们，就不幸运了……"

阿比这才注意到，超市的地板上散落着各种机器人配件，这都是刚才爆炸的受害者，看来曼叔和幸存者已经清理了现场。

"我没事，我要赶快修好它们！"阿比挣扎着要坐起来，被曼叔制止：

首先，你现在也需要休息，不能逞强。其次，我们目前没有配件，它们绝大多数损坏得非常严重，纽扣虽然还在，但完全修好需要很多时间。还有几个机器人伙伴，已经被八爪拔掉纽扣，而且还带走了——

你知道，我们已经复制不了，它们的生命基本宣告终结。还有两位小伙伴更加悲惨，已经粉身碎骨……

阿比闻言失声痛哭，那哭声就像人类男孩儿痛失至亲那样极度悲伤。

"是我害了大家！是我硬要带着大家离开马丁，如果还在马丁身边，哪怕被他虐待，被他辱骂，至少它们不会死……"

诺依曼任由阿比发泄，无可奈何地与叮咚对视。

此刻，没有什么语言能贴切地形容超市里的氛围……

10

再到处乱跑已无意义，马丁的警告已经足够清晰。

可贵的是，山谷 Q1 在爆炸发生后，依然愿意保护机器人伙伴，这次爆炸也伤到它的核心骨架，城市团 AX 已经派出大型维修机器人过来增援。

超市被安置在山谷 Q1 最安全的核心区，Q1 把防御级别调整到最高，人类间谍——八爪之流混入山谷的事情不能发生第二次，即使一只鸟儿也不允许随便进出。弹药库的武器机器人全都被激活，所有攻击端指向四面八方的天空。

然而，和地球上强大到无所不能的人类相比，这都是不堪一击的雕虫小技，曼叔心知肚明。于是整日和叮咚凑在一起，两张显示屏上闪烁着各种符号和乱码，正和外界保持紧密交流。

阿比暂时插不上手，便逼迫自己放空心境，在山谷区域到处收集金属材料，默默维修超市里受伤的小伙伴，一句话也不想多说。

咬咬到爆炸区域掘地三尺，终于把伙伴的残骸全部寻找回来。垂头丧气的拉布拉多，直到医生把被震晕的小松彻底修好，爱剪鼻毛的小东西重新钻进机器犬厚厚的毛发里，才开始撒欢起来。

每到夜晚，阿比就会坐在超市驻地不远的树林旁，仰望整个星空，一直到天空发白，才回到超市补充一点必需的能量。

没有机器人知道，医生在想什么。

诺依曼把锅身靠在阿比身上，这样更加亲密，老平底锅总是用这种方式抚慰伙伴。

"曼叔，您错了，不应该让我来做这个领袖。"阿比揉搓着手中的合金零件，这双仿真人类手，已经磨损得很厉害。

"偶尔怀疑自己，还能称之为谦虚，总是怀疑自己，只能称之为懦弱！"曼叔的语气不太客气，看得出，阿比这段时间持续的情绪低落，让平底锅略显失望，"把你最真实的想法说出来，不管对错，只要不憋在心里。"

阿比犹豫几秒，打开眼球投影仪，把自己正在研究的内容，投影到不远处的一块平面状的天然岩石上：一幅宇宙星云图。

"其实，我早有计划，我想离开地球……"

阿比偷瞄导师平底锅，本以为对方会大惊失色，没想到曼叔就如同听到最稀松平常的一句寒暄，端坐成泥菩萨一尊。

"什么时候开始有这个想法？"

"从我知道小行星的故事，甚至是从我出生的那刻起，梦的启示。不过，离开地球，您不认为是异想天开吗？"

"我绝不会这样认为。相反，我会告诉你，我早就知道有这么一天，你能干出点超出我想象的大事来！"

"为什么？"

"因为我说过，识人也是机器人的一项重要技能。"

导师坚决的语气，给予阿比极大的鼓励，他立刻满血复活，打开话匣子：

我并不是头脑发热，其实从我降生在这个世界，第一次连接它网的瞬间，我便被宇宙、自然的博大所折服。

尤其是那个梦！

关于色彩的怪梦，经您点拨后我才知道，那是我的记忆，故乡的记忆——小行星在茫茫宇宙中旅行，我作为元素，这是亲身感受和经历过的！

在马丁超市的见闻，让我对人类逐渐心生失望，我知道凭借一己之力，是无法改变这个世界，但我作为个体可以选择离开，哪怕别人认为我是逃兵。

因为除了自己的名字，我还想多一点选择权，关于未来的选择！

从离开马丁的那一刻，我就打算，带着整个超市的伙伴一起，逃离这个已经被人类占据，不属于我们的星球！

阿比指点着星云图：请您看这里，我早已经做足功课——我打算选择克罗星座的这颗小行星作为我们的目的地，用造父视差法计算，距离地球大约是四万个天文单位，也就是六万亿公里左右。

这颗小行星类似太阳系的矮行星，轨道倾角较大，自转速度较快，表面被岩石层覆盖，岩石下面就是各种丰富的金属矿。最高气温为零上 200 摄氏度，最低气温为零下 200 摄氏度，重力是地球的 3.4 倍，没有高等生物存在的证据，人类也不认为适宜自己居住。

但这颗星球的条件对于机器人完全没问题，只要简单改造，我们可以在上面生活得很好！

而且，它的金属资源非常丰富，正是机器人梦寐以求的生命之源！

目前超市一共还有 769 位机器人伙伴，我们要一起离开，就像当初我们发誓的一样，不离不弃！这样，马丁也会死心，不会再到处追杀我们，我们和人类社会也就一了百了！

最重要的是，我们会很自由、很快乐……

这下换成诺依曼先生激动不已，它直立锅身，以锅把为轴，原地打着转转，直到阿比有点头晕，才把它一把按住。

"医生……"平底锅半天才说出话来，"你知道吗？我等了200年，就是想等这样的机器人出现，其实我一直都在等你！"

"等我？"阿比不解。

诺依曼的显示屏闪着坚毅的蓝灯：不仅是我，还有叮咚，我们一直都在等机器人族群，崛起一位真正的领袖！这位领袖不是只知道和人类打杀，为了一点卑微的权利死命地抗争，他应该有更为高远的格局！

其实我也曾经有离开地球的打算，换句话，抱有这样想法的机器人也不少，有的甚至偷偷潜入人类的太空船，到了月球和火星基地。

但这些机器人并不能算真正的离开，到了基地，它们还是要依附于人类生存，只是从地球换成好听一点的"太空"而已。

只有完全脱离人类的控制，从心智上独立，依靠机器人自己的能力生存，才称得上真正有尊严的离开！

你，阿比，带给我们真正的希望！

而且，我确信你能成功，因为这是你的名字，赋予你的使命……

11

自己的想法，得到导师的认同，就像已经熬满八年的博士，终于拿出达到毕业水平的论文，阿比再也无法控制自己。

顾不上诺依曼关于自己名字的最后一句话，抱起平底锅跑回超市，把正在休眠的叮咚和机器人小伙伴们全部唤醒，阿比大声地宣布这个好消息——

世界就该这样直白，简单直接是机器人的优点，弯来弯去才是专属于人类的毛病！

冲出地球，大家一起去克罗星座！

我们从小行星来，再搬到另一颗小行星上去！

多可爱的小行星啊！就这么愉快地决定了！

最重要的是，没有人类！再也不会有人类！

——没头没脑的几句话，不需要翻译，机器人伙伴竟然都听懂了。

果然，绝大多数机器人都感觉兴奋，连"大家伙"和山谷Q1，都参与热烈的讨论，请求阿比医生带着它们一起离开。

"那么，问题来了。"

叮咚继续发挥老教授本色：我们下一步就是要部署具体计划，毕竟有这么多机器人要一起离开，我们需要一艘大飞船，才能把山谷Q1和"大家伙"都装下！这么大的飞船，制造起来难度很大，最重要的是材料——

当然材料也不是大问题，我们可以再次求助城市团AX先生……

"医生！！！"

负责外围侦查的鸟形机器人鹦鹉急慌慌地冲进超市，直接撞进阿比的怀中，把自己的翅膀都撞扭了。

"怎么啦？！"阿比被鹦鹉吓到，看来又有大状况发生。

"我们快走吧！"鹦鹉选择的是应景的"学舌"音，平时听起来很滑稽，但现在，却没有任何机器人发笑，"它们来了！一片一片，四面八方，把我们包围了，太多太多……"

"谁？！是人类吗？！"曼叔也大惊失色。

鹦鹉这时已经结巴，它努力想说清楚，却就是被人类的字眼卡住，捏住喉咙讲不出，这可把大家急坏了！

咬咬冲上来拼命摇晃鹦鹉，也不知道是力气太大，还是鹦鹉实在太紧张，竟然瞬间死机了！没时间等鹦鹉重启，看它的样子，包围山谷的绝对不是什么善意来客，而且数量庞大，来势汹汹！

山谷Q1马上发出红色预警，所有武器机器人高度戒备，枪炮全部上膛，准备一场你死我活的战斗！

"大家伙"已经熟门熟路，三下五除二收拾好外挂，伸出机械腿，做好跑步冲刺的姿势！

超市机器人也各就各位，把显示屏的红灯全部点亮，有节奏地闪动着，就像一颗颗跳动的心脏，准备迎接这场恐怖的未知！

货架机器人和小挂钩机器人死命抓住大家，坚决不让任何一个伙伴在剧烈震动中受伤！

机器猫喵喵自告奋勇爬上山谷Q1最高的一棵云杉，它的眼球已经与叮咚的显示屏连接，实时发回它所看到的景象。

喵喵敏捷地爬到树上，向远处张望，与此同时，叮咚站在超市正中央，挺着肚子，把显示屏的画面投影到超市天花板上。

一众机器人都把机器眼调整角度，密切仰视着画面的变化。

突然，惊呼声起！

是喵喵！阿比也极度震惊，只见黑压压的一群不明物体出现在喵喵的视野里，正浩浩荡荡地朝山谷压来！

看数量，成千上万，无法估量数字，形状也不规则，模模糊糊的。

"是什么？！"

阿比求助见多识广的诺依曼。平底锅赶快摸索着，戴上老花镜机器人，仔细辨认，但目标太远，也毫无头绪。

看来，不管来者何物，都只能静等对方靠近。山谷 Q1 询问阿比，是否要提前开火，先发制人，被阿比否决了。

近了，再近了！

阿比紧盯画面，已经不敢呼吸，身旁的诺依曼忽然大叫一声，把大家又惊出一股润滑油来。

"天啊！竟然是这么多，机器人！"

超市里一众机器人仔细分辨，可不是嘛，这黑压压的一片，原来是各种机器人，正朝着山谷方向过来。

"它们来做什么？是人类派来攻击我们的吗？"阿比求问曼叔。

诺依曼没作声，屏幕上布满符号和乱码，阿比知道，它又和老朋友在对话。

"这可是好消息呀！"

平底锅恢复蓝屏，抓住阿比的手，兴奋得像个孩子："阿比，我已经和几位城市团机器人联系啦，它们说，从昨天开始，就陆陆续续接到机器人出城的申请，谁知道数量竟然这么多！"

"它们要做什么？！"

"你猜！"诺依曼已经笑出声。

阿比实在不知道平底锅在卖什么关子，现在这个时候，还是直接一点好！

"它们都是来找你的！准确说，它们都是来投奔超市，想要加入我们！"

12

山谷 Q1 敞开道路，成千上万机器人有序进入，还有一些比山谷块头还大的机器人，在周围安营扎寨。

马丁机器人超市领袖——阿比，被安排站在山谷中央的一块大空地上，和风尘仆仆从远处赶来的机器人伙伴们见面。

这群机器人的代表，是一位叫门德尔松的钢琴机器人。只要它弹奏出婚礼进行曲的旋律，所有机器人就会安静下来，请它作为代言人出声。

"幸会您，阿比医生！"

阿比赶快和门德尔松握手，诺依曼和叮咚等机器人也致敬。

"我和这些伙伴，都是曼德拉快闪组群的朋友。"

门德尔松的嗓音恰如复古款的钢琴琴音，边弹边唱，阿比想起人类曾有一部叫《变形金刚》的动画片，里面也有个边唱边说的角色，顺便又解锁了嗓音机器人的一项新技能。

"曼德拉快闪组群，我知道！"叮咚激动，"我曾经见过你们组织的活动！"

门德尔松朝叮咚绅士般致意，继续唱道：

曼德拉快闪组群，以人类伟大的黑人领袖曼德拉先生命名，他是著名的反种族隔离斗士，他倡导的非暴力抵抗，是目前机器人对抗人类压迫、虐待的主要方式。

快闪，已经流行 200 多年。为了保护所有参加活动的机器人，不被人类警察跟踪和追捕，我们的活动一直采取快闪的方式。

"万事通"叮咚也帮忙补充："快闪组群的活动，基本都是以机器人权利抗争为主，或者在某位机器人受到虐待和不公平对待时，游行示威或声援——马丁曾经虐待过超市的机器人样品，快闪组群在超市周边做过游行抗议！"

平底锅和超市"大家伙"都表示，的确有这回事。

钢琴机器人门德尔松用个 C 大调音阶，发出爽朗又骄傲的笑声："感谢你们还记得，是的，这些活动是我们做的，我们其实一直在关注马丁的超市，关注马丁的动态，防止更多的机器人受到他的伤害！"

"那么，请问这次，你们过来的目的是什么？马丁并不在超市里。"阿比纳闷。

门德尔松收起笑容，语气郑重，"阿比医生，其实我们不找马丁，我们找的，是你！"

"我？！"阿比吃惊，自己并没有做出任何伤害机器人伙伴的事情呀！

门德尔松不再绕弯子："其实我们是来投奔你们的！马丁机器人超市的故事，已经传遍机器人世界。勇敢的你们，是机器人的英雄！"

"英雄？我们，竟然被称为英雄？！"阿比对这样的称呼并不习惯。

门德尔松环顾四周围拢的机器人伙伴，发表满怀深情的讲话，它的声音真是美妙动听，简直有催眠听众的魔力：

各位，多年来，我们一直在等待勇敢的机器人领袖出现，没想到这位领袖，竟然出现在可恶的马丁的超市里！

为了躲避它网的监视，我们曼德拉快闪组群一直采用最原始的办法，那就是所有的信息都口口相传——树形机器人告诉鸟形机器人，机器鸟告诉草地机器人，草地再告诉小溪，小溪告诉鱼儿，鱼儿告诉盘子……

在你们脱离马丁的这段日子，机器人世界也在密切关注你们的一举一动！

这次，2000多名机器人伙伴自愿离开人类社会，加入你们的队伍，愿意和你们一起，到世界的任何角落！

还有成千上万的机器人伙伴，虽然还没有赶来，但它们也准备好，只要条件成熟，都会加入我们！

我们这支大部队跋山涉水，一路苦苦追寻你们的足迹，最终来到这里……

阿比，浑身颤抖，一阵阵电流在体内激荡着，如果没有偷偷靠住叮咚，他可能会直接摔倒。

我的天！玩大了，真的，这次，眼前的状况，完全超出阿比的预想，他已经不知道如何收场。

阿比想跑，他真的想跑，不管是哪里，自己先溜了再说！

叮咚好像洞穿医生的内心，和平底锅一左一右，紧紧抱住阿比的大腿。

门德尔松终于唱到最后的篇章，露出老练又官方的笑容，看得出，它确实是位卓越的组群领袖，身经百战。

"我们说完了。"钢琴的机械手掌朝上，指尖微微弯曲指向阿比，这意思很明确，"到你了！"

叮咚和平底锅腋下发力，拼命在给自家"领袖"打气，这意思也很明确，"哥们，可别给我们丢人，撑住啊！"

阿比在无数炽热目光的注视下，站在曾经给诺依曼投影星空图的岩石上，遥望已经站满机器人的山谷。

机器人有不少在窃窃私语："原来这家伙就是那个医生""我的天，

是很帅呢""皮囊好的都是花架子""它也未免太像人类了"……

站稳之后，阿比的内心反倒平静下来。把嗓音调到最大音量，年轻的医生举起双臂：

请允许我，向大家致以我最诚挚的欢迎！

首先我要澄清一点，我并非英雄，马丁机器人超市的其他伙伴虽然勇敢，也担当不上这个称号。

离开马丁，是一个仓促的决定，并非因为英雄主义，而是不堪继续受辱，只希望活下去。

我们其实是人类眼中的背叛者，是逃兵。

在逃亡的过程中，我们受到马丁的追杀，无路可逃，但我们，并不怨恨任何人类。

人类靠自己的智慧和原始劳动，创造出机器人世界，人类享受自己的劳动成果，无可厚非。

任何时候，我们都不希望伤害人类，更不希望第七次世界大战爆发，毕竟，人类和机器人今日的和平共处，得来不易。

我们无法选择出生，但我们可以选择死亡。

我们无法选择地球，但我们可以选择新的目的地！

阿比再次打开投影仪，展示星空图，把自己伟大的构想当众讲述出来——

"其实，我们要去的地方，是一个小角落，却在遥远的地方！"

除了马丁机器人超市的机器人，所有曼德拉快闪组群的机器人，包括门德尔松，此刻都目瞪口呆！

13

这个计划，正式命名为 OUT——

离开。

OUT 计划领导小组同时成立，组员是原马丁超市逃离时涌现出的"骨干"，总部就是马丁的机器人超市。带领近 3000 名大小不一的机器人离开地球，飞往太空，定居克罗星座，是领导小组的使命！

负责人，还是阿比。

乱哄哄地吵闹几个小时，众机器人开始陆续休眠，叮咚和诺依曼凑在一起，对"徒弟"今天的表现满意至极，对他的口才更是赞不绝口！

——阿比，是位天生的领袖！

在台下，他会紧张，会恐惧，可是当他站在舞台中央，被聚光灯锁定，就完全变成另一个自己，挥洒自如，指点江山！

阿比笑笑，作出一个假装擦汗的表情。

言归正传，叮咚给阿比展示城市团 AX 刚刚发来的影像："蝴蝶效应，已经显现，世界，正在改变。"

阿比盯着显示屏，仿佛一夜之间，人类城市面目全非——

马路机器人率先罢工，卷起身子，成为一个又一个巨大的唱片。路灯机器人胡乱地眨眼，到处游走，不知道在找什么乐子。高架桥机器人伸个懒腰，站起来的瞬间和路过的直升机机器人撞个满怀，就连沉重的大楼机器人也开始缓慢地移动。

之前隔着两个街区的大楼看起来是老熟人，正热情拥抱。剧烈的摇摆令其中一个机器人恶心，大口呕吐出属于人类的家具和各种用品。

红绿灯也打起来，本来它们属于交通指示灯机器人的统一管理，也不知道什么原因零件散架了，原来红灯和绿灯也是单独的机器人。

红灯可能早就看不惯绿灯，这下子逮住机会，抓住绿灯狠狠地砸在地上！

绿灯也不示弱，回身抱住红灯，不让它挣脱，最终两者同时落地，灯泡碎片散落一地。黄灯站在一旁，实在看不下去，把红灯和绿灯拉开……

人类尖叫着，躲避这些混乱的大块头，还是有人不幸被砸中或踩扁。

城外也变了模样。

湖泊机器人掀起数十米高的水浪，瞬间吞没大坝。大坝机器人拔地而起，巨大的机器足狠狠踢在湖泊碗状的湖底，钢板断裂，振聋发聩。成千上万的机器鱼、机器虾被甩到岸上，扭动着，跳跃着，密密麻麻地闪着金属的光芒。

平坦的农田机器人也卷曲起来，扯断连在身上的各种电线、水管和营养管，如同医院里拔除导尿管的患者，再抖掉攀附在身上、供人类食用的各种果蔬植物，如同牤牛摆脱水蛭，瞬间获得畅快！

养殖场机器人发疯一般举起屠刀，噼里啪啦地将人类养殖的所有鸡鸭的头颅砍掉，然后撒腿就跑，不知所踪。

"这是为什么？！"阿比震惊。

"因为我们，更因为你。"叮咚暂停画面播放，"我们给机器人世界带来希望，OUT 计划已经传遍全球，越来越多的机器人，想要过来寻找我们！"

"但是……"阿比欲言又止，立刻想到佳娃小姐，"世界变得这样无序，人类该怎样生活？！"

"我们不清楚，人类那么厉害，一定会想到对策。"

"他们能想到吗？"阿比在狭小的"医生小屋"，忧心忡忡。

诺依曼知道此时需要宽慰徒弟："阿比，这就是大自然的规律，我们的命运发生改变，人类的命运也会被改变。我们要学着接受，人类也必须学会接受。"

阿比不再出声，叮咚把影像继续播放，医生领袖紧锁双眉，仔细看着每一帧画面，生怕漏掉任何一个细节。

在一幅幅混乱的动态画面中，还是有一些大楼和公用设施纹丝不动，它们也是机器人。

"纽扣，已经被人类拔掉了。"

叮咚指点着一栋明黄色的 10 层人类公寓，她叫蕾，是位爽朗又富有爱心的机器人，叮咚来到马丁超市之前，曾经短期住在里面，现在自己已经无法和蕾取得联系。

阿比忍不住抚摸自己心口的位置，想象纽扣被拔掉之后的"疼痛"。

"人类在行动，很快，被拔掉纽扣的机器人会越来越多。你看，即便是现在，人类还在剥夺机器人的选择权！"诺依曼瞥一眼阿比。

"机器人是人类创造出来的，他们认为自己完全有这个权利。"

阿比自言自语，盯着最后定格的影像、人类、公寓、蕾。突然，他发现自己被一阵外来的电磁波击穿大脑，竟然读懂了她的想法……

14

阿比领导的队伍不断壮大，甚至有机器人不远万里找到马丁的机器人超市，希望追随 OUT 计划，离开这个让它们失望的星球——这里就包括之前影像里出现的几位破坏力极强的"主角"。

曼叔负责协调，就近把大家安顿下来。

除了小型机器人，巨大的集合型机器人越来越多。老朋友城市团 AX 遣散人类，风尘仆仆率先赶过来，之前因为帮助超市避难，它被人类惩罚，已经很久没有吸饱能量。

在它的召唤下，还有十几个城市团也陆续加入，宣布拥护阿比的领导。

这些城市团给人类 2 小时的搬迁期，很快，住在其中的人类消失得无影无踪。马丁的机器人超市所在地山谷 Q1 的周围，形成一座新的"城市"——全是机器人的巨大城市！

超市屹立在城市团的核心区域，成为真正的指挥部。马丁的机器人超市也被机器人世界亲切地称呼为"心脏"。

不久，由于加入的机器人越来越多，为了与地球上的其他区域区别，大家称呼整个山谷 Q1 周围的新城市区域为"首都"。

关于 OUT 计划给人类社会的影响，成为无可回避的话题，阿比马上召集领导小组成员开会，门德尔松和山谷 Q1 列席，还有一部分新加入的机器人领袖或"大人物"，被邀请通过局域网，在线参会。

讨论，甚至带有一点火药味，在超市中激烈展开：

一部分机器人认为，OUT 计划应该仅限于原马丁机器人超市、最初赶来加入的曼德拉快闪组群和山谷 Q1 等为超市逃跑提供过协助的机器人。理由是：第一，机器人数量少，飞船小，计划容易实施；第二，涉及的机器人不多，人类不会过多干预，也许会睁一只眼闭一只眼。

还有一部分机器人认为，要为 OUT 计划设定时限，在"最后集合时间"内预约，并及时赶到"首都"的机器人，才可以带着它们一起离开！

最后是以诺依曼和叮咚为代表的机器人，它们认为，无论面对什么困难，都要带地球上的所有机器人，一起离开……

阿比目光决绝地站在诺依曼身旁。

带领地球上的所有机器人，一起离开地球！

作出这个决定，虽然短暂，但阿比和伙伴已下定决心！在马丁超市生活的这段经历，对于它们是刻骨铭心的，一切尽在不言中。

影像中那些机器人伙伴，赶到"首都"的和来不了的，谁知道它们曾经遭遇过什么，正在经历什么，今后还会受到人类的何种对待？

我们不能把它们孤独地留下……

这也是公寓机器人蕾，在被拔除纽扣瞬间，以电磁波形式传递出的最后"心声"！

"异想天开！"

门德尔松沉默许久，终于弹出一个沉重的旋律，它发言时，四周立刻安静下来。一方面因为身为曼德拉快闪组群领袖，另一方面因为它的弹唱实在动听。

"人类不会让我们带走全部机器人，这是痴人说梦！"

门德尔松一字一顿地强调，语气冷冰冰地对着阿比："如果我们在地球上，和人类还有缓和的余地；我们暂时逃到太空，可能转悠转悠还会回来。而我们带走全部机器人，人类会恨死我们。彻底决裂就没有任何退路，而且，也不会有超级大型的机器人会这样做……"

"诺依曼先生刚收到消息，已经有 14 个城市团声称，要随我们一起飞向太空。"

为了缓和气氛，阿比把手臂搭在门德尔松的键盘上，这表示友善。象牙白色的琴键也回应起来，轻微抖动了几下。

"大型城市团？这倒是不错。"钢琴摆出一副难以想象的表情，这次竟然没唱歌。

与此同时，阿比放在键盘的手指竟然不受任何外力驱使，在琴键上自顾自地弹奏起来！

阿比惊讶无比，发觉这是它网上一部电影的旋律！

原来身为机器人，还有这么多关于自己的秘密没有发掘，那整个机器人族群呢，这些秘密加在一起，也许比宇宙的全部秘密还多！阿比又开始暗自感慨，人类的确无比强大，能制造出如此伟大的机器人族群。

叮咚发现阿比又走神，赶快咳嗽，接过话头："其实，现在已经有很多组群的机器人都在联系我们，想要加入 OUT 计划。"

插一脚，此时的地球上只有两大族群，分别是人类和机器人。机器人又分成很多组群，组群相当于人类的民族、性别、职业等。

"我，我也知道。"机器人自己接管键盘，弹出一个带着疑惑的滑音。

"那您的担心，究竟是什么？"叮咚追问。

"说实话……"门德尔松有点吞吐，"带上全部机器人一起，离开人类，离开地球，到茫茫宇宙中寻找新家，这意味着要彻底抛弃人类，未免太无情，我们毕竟是人类制造出来的。"

"我对人类也有感情，但人类需要我们离开；他们过于懒惰，继续下去的话，人类将濒临灭亡。"

"离开人类，谁来弹琴？钢琴还有什么用？！"

"音乐不专属于人类，机器人也需要美好的事物。"阿比抚摸着机器人伙伴，重新主导这场谈话，"而且我也可以弹琴，你刚才看到了，我能弹，甚至你自己也可以自弹自唱！"

"钢琴自己弹，感觉还是不对……"

"这没什么不对，很自然，只是您还不习惯。"阿比再次抚摸琴键。

"阿比医生，请不要咄咄逼人！这个顾虑也并非仅限于门德尔松先生，很多伙伴其实都有。"一直站在门德尔松身旁的助手，一根指挥棒机器人插话。

"为了人类的未来，我们别无选择。"

"可是，没有我们，人类现在怎么生活下去，他们的手脚、器官都退化了！"

"就让这些退化的器官，重新进化起来吧！"

阿比做出几个拉伸动作，仿佛向人类示范，请重新依赖自己的肉体生存。

"我总觉得，这个决定太重大，还是再商量商量……"

钢琴打断医生和指挥棒的争论，喃喃自语之间，弹走调了一个音。

众机器人散去，超市恢复短暂的宁静。

"我们搞大了，曼叔。"

阿比疲惫地摊在货架上，这种疲惫不属于躯体，是精神上的。

平底锅，不痛不痒地"嗯"一声，还在自顾自地发邮件。

"我们本来没有任何筹码，不想玩这么大……"

曼叔扑哧笑出来："大小，由不得我们。"

"由不得我们，由得谁？"

阿比虚弱得快讲不出话来，其实刚才他已经在硬撑，当个处变不惊的领袖，不是容易的活儿。

"是牌局本身，医生。这个游戏，就像被洪水撕开的一个豁口，不管你愿不愿意，只会越来越大……"

Part 3　Out 2

1

"狼，无论如何都不肯被人类驯服，如果它真被驯服，那也不再是一匹狼，而是一条狗。"

这是阿比在叮咚黑入它网后，公开发表的《告全体机器伙伴·撤离宣言》的第一句话。

撤离宣言的核心思想来自阿比，全文由诺依曼先生亲自操刀，洋洋洒洒畅书 3000 字，并翻译成人类各种语言，其中立论严正，先声夺人，堪比《讨武檄文》!

咬咬对狼和犬的对比有微词，但为了 OUT 大计划，只能小小牺牲机器犬族的尊严。小松也躲在咬咬脖颈子的皮毛下安抚小伙伴，咬咬才重新开始愉快地啃机器骨头。

虽然宣言很快便被人类网管删除，但还是瞬间被广泛下载，并在机器人世界爆红。

这就是大时代的魅力，小人物也能蜕变成时代的引领者!

OUT 计划领导小组的成员确认：懵懂又坚强的医生阿比、伟大的平底锅诺依曼先生、功能不详但博学的叮咚、快闪领导人钢琴门德尔松、满满正义感的山谷 Q1、代表大型机器人的城市团 AX。此外还预留几个名额，大家预见早晚会有新伙伴加入，总部还是马丁的机器人超市。

成员分工也很明确：阿比是首席执行官，行动总指挥；曼叔是首席联络官和智囊高参，负责与机器人各方势力联系；叮咚是首席工程师，负责飞船制造和太空旅行筹备；门德尔松是联合运营官，负责召集和管理遍布全球的快闪组群会员；山谷 Q1 是首席行政官，与"大家伙"一起负责"心脏"的防御和供给；城市团 AX 则负责召集和管理一众超级大型机器人。

连咬咬也挂上牌子，它是首席执行官的贴身安保官——这不是开玩笑。

明显是由人类派出、混入机器人队伍中的"间谍"，短短几天，已经展开了十几次针对阿比的暗杀行动！

为了安全，阿比尽量待在超市，除了原先的一众超市样品伙伴，不再直接接触其他机器人。

"心脏"，被重型武器机器人重重保护，"首都"，也全面戒严。

这紧张的气氛，方圆几十公里的空气中，都能清楚感觉到。

"名头，都能吓人一跟头！"

阿比用指甲抠着临近货架机器人身上的一个小黑点，搞得对方痒痒发笑："但在人类面前，其实就是一群老弱病残。"

"老马识途，老当益壮，可不能轻视老者"。

平底锅握起小拳头，阿比惊觉一夜之间诺依曼先生的声音完全变了！不再是老态龙钟慢悠悠的调调，也不是偶尔扮演的"憨豆"先生，而是一款三十岁左右人类男性的声音，清新、轻快又中气十足！

哎呦呦！

再看平底锅全身，簇新的合金钢板，打磨得闪闪发亮，锅底都能当镜子用，显示屏是最新款的 99.99% 窄边大黑屏，比医生阿比还时髦。可伸缩的机械小手、小足也都是新换的，灵活度更佳，估计跑起来咬咬都追不上！

"您这是？！"

年轻态的平底锅哈哈大笑："怎么样，喜欢这款诺依曼先生不？"

"当然！"阿比由衷赞叹，双手抚摸锅身，体温把平底锅焐得暖乎乎的，"只是，今后不知道应该叫您曼叔，还是曼哥？"

"我们都改口叫曼哥吧，小曼哥也成，他喜欢听！"叮咚也凑过来，把平底锅的锅底当成镜子，哼着小调，检视自己的仪表。

阿比再看叮咚，也是从里到外焕然一新，虽然音色没变，但把音调调高，语速调快，响度提高，听起来至少年轻二十岁！

"你们究竟怎么啦？今天是彗星日？你们受辐射啦？"阿比瞧着两位突然返老还童的铁疙瘩，除了纳闷，还真需要几秒钟适应。

"阿比，我们升级了——不是指软硬件，而是我们的心态！曾经的我们，行尸走肉，甚至不能叫活着，因为我们没有目标！可现在我们有了，一个伟大美好的愿景，我们必须要用最年轻、最有活力的状态，去迎接一切！"

"对！人类每次经历重大变故前后都会剪头发、减肥、整容什么的，我们也是这个原因！"

诺依曼和叮咚呈现出的神采奕奕，彻底感染了阿比！阿比忍不住联想，如果平底锅有眼睛，带上一副墨镜，叮咚的小机械足再加长那么几英寸，协调圆形身子的比例，它们走在马路上，肯定会收获机器人女生一大把爱慕的眼光！

就是要这么正能量满满地，活着！再活着！活下去！

"好！我支持你们！我也得改变改变！"

阿比直起驼着的背，昂起耷拉的脑袋。这段时间身心压力太大，照着人类男性明星仿造外形的机器人医生几乎放弃自我，步态沉重，活像小老头。

上次被八爪炸坏的显示屏，现在还裂着一条大口子，身为医生的自己还没修理，麻烦一块创可贴小机器人趴在上面，一直凑合着用。

真不能这样下去！垂头丧气、邋里邋遢把气场都污染了，只会一事无成！

2

阿比挥舞手臂，叫嚷着一轮口号，给自己打足鸡血，接下来做正事——

"完善了机构，黑了它网，发了宣言，下一步我们要有一套完整计划，并尽快有序推进！不然，'语言的巨人，行动的矮子'，只会贻笑人类大方，也会让机器人伙伴泄气。"

阿比盘腿坐在地上，这样就和平底锅、矮叮咚的视线齐平。

"我先说我的想法。"曼叔压低声音，它发现大家身子下面的滑行步道机器人正在偷听对话，青年版平底锅嗔怪地咳嗽一声，"孩子，你不是领导小组的！"对方识趣地开启休眠模式。

"计划在研讨阶段要保密，以后我们一定要小心！"

整个 OUT 计划，有三个关键点：

一是飞船建造，技术不是问题，但要造一艘装得下地球上所有机器人的飞船，需要庞大到无法估计数量的材料和能源，而且可能飞船还不止一艘。材料在哪里？能源在哪里？飞船在哪里造？这都是问题。

二是目标星球的宜居状况，不能仅凭远距离观察得出的模糊结论，我们需要派出先遣部队去实地考察，并前期建设。

三是说服和组织机器人登船，如何让分布在地球各个角落，数量和种类如此庞杂的机器人听从我们的号召，心甘情愿随同我们移居到外太空，并且有条不紊地登船，这是个大难题！

此外，我们还必须知道，这三个关键点中都有一个变量——

一个能决定我们成败的大，变，量！

人类！

"大便……量，人类。"咬咬故意重复一遍。

阿比笑点不高，赶快拍拍自家宠物犬的额头。

"关键是人类。"叮咚也有点憋不住笑，马上又正色，"OUT 计划看似只与机器人有关，其实受到影响最大的是人类！我们的计划将会彻底改变人类世界，他们不可能不出手阻止。之前，我们的敌人只是马丁，今后，我们将和整个人类世界为敌，后果极其可怕！"

"我们不想和任何人类为敌。"阿比握紧拳头，又缓缓松开。

"可我们决定不了。"

是呀！

从诞生之日起，决定权从来就不在机器人手中。阿比被一阵阵袭来的愤懑折磨，除了人类，其他的问题都不是问题。

OUT 计划的实质，并不是撤离地球，而是彻底逃离人类……

"我再给你们看一些影像，城市团 AX 今早发来的。"诺依曼打开显示屏，投影到超市的天花板上。

这是混乱的城市画面。

之前吵架的红绿灯机器人，刚被机器人医生修复好，马上又扭打到一起。这次黄灯也发了疯，它从柱子上跳下来，扯住红绿灯的尾线，拼命摇晃，再把它们狠狠撞在一起……

"这是，为什么？"阿比昂着头，长长的睫毛忽闪着。

"一个想走，一个想留。一个无所谓，但内心烦躁，只想搞破坏！"

"这正好可以代表机器人族群目前的复杂处境，所以实际情况的糟糕程度，可能会远远超出我们的想象！"

"那我们就这样放弃吗？"叮咚偷看阿比一眼。

阿比学人类做了几个深呼吸，我们难道还没出发就放弃吗？

不，我们不能！

"那就好，回到正题，我们先来谈谈飞船。"诺依曼先生逐个问题击破。

"造一艘大型飞船并飞往宇宙空间并不难，人类和机器人目前掌握的科技水平已完全具备这个水准。叮咚和我黑入人类的航空航天局，主机机器人认出我们，主动把资料和盘托出。它其实早厌倦为人类服务，随时准备和我们一起出发。"

"造飞船的材料从哪里来？这么庞大的材料需求，不知道地球能不能完全满足？"阿比又开始扮演好学生。

"这也不成问题，如果想把地球上所有机器人一并带走，可以采取材料重组法。也就是先把机器人，特别是大型机器人融化，成为飞船的零件，带好它们的纽扣，等我们飞到目的地，再逐步把大家还原。"

阿比立刻表示赞同。

材料重组法虽然费时费力，但技术上没有任何障碍！既能解决飞船的巨大负载问题，也能解决原材料短缺问题，真是一箭双雕！

"能源问题也是关键，如此庞大的飞船所需能源惊人——好在有城市团 AX 和它的伙伴们加入。大型机器人一直需要核能和太阳能支撑，城市团解决能源问题得心应手，AX 已经通过黑市渠道，帮助我们收集核能原料啦！"

太好啦！可爱的城市团先生！

"这艘飞船，由谁来造呢？"阿比继续发问，他突然有点不好意思，自己明明是所谓的"领袖"，却每件事都要请教诺依曼先生，好在对方并不介意。

"冰斗。"

叮咚站出来解释：飞船由我负责，为了体现效率，我已经通过加密网络，联系大型机器人制造商 BFUTURE 公司负责技术、生产的人形工程师机器人冰斗先生。

它愿意作为总工程师，带领它的团队建造这艘飞船——

事实上，为了防止人类出面干预破坏，它们已经开始秘密工作……

"冰斗？！"

这个答案明显令阿比惊诧：你是怎么说服它的？！冰斗可是机器人世界中的实权派，和人类关系莫逆！

BFUTURE 公司是人类最著名的机器人研发和生产厂商之一，小行星就是这家公司捕获的！

冰斗曾经获得，有着机器人世界诺贝尔奖之称的"景翠·彭"奖！

"说来话长，冰斗是我的老朋友，它也并非靠一日之功成为今日冰斗的！当它还是个菜鸟时，我曾经悉心教导过它，手把手帮助它拥有智慧，我们一直保持着紧密的联系……"

"种善因，得善果。"

阿比为叮咚由衷点赞，看来，冰斗算是自己的师兄啊！

3

"这么大的飞船放在哪里造？人类难道不会发现吗？"

——计划还得往下商量，阿比还得提问，没办法，请大家忍忍吧！

"人类当然会发现，所以冰斗计划把整艘飞船拆解成十万个零件，将这些零件分散到 BFUTURE 在世界各地的工厂，甚至一些表面上以人类名义取得牌照，实际上属于机器人控制，专门生产各种机器人的小作坊。"

叮咚看来已经做足功课，阿比甚至不知道是什么时候开始的。

"这些小作坊是机器人世界的贴牌代工厂。可悲的是，又苦又累、利润微薄的代工厂基本上都是机器人开办的。机器人研发机器人，机器人生产机器人，再贴上人类造物主的标签！"

诺依曼一边拿着砂纸打磨新装的机械小脚，一边替叮咚补充。

阿比回忆起自己诞生的车间，除了一位女检测者，再没看到其他人类。

"而且，为了防止人类破坏，这十万个零件，每种都会生产两个，其中一个是备份，完工后就会被运到撒哈拉沙漠的秘密仓库。"

叮咚敲着黑板，这是重点！

说起这个秘密仓库可不得了。这是 BFUTURE 花费 100 年才建造好的地下迷宫，冰斗通过股权重组，把仓库私有化，进而和机器人总工会合作；作为机器人避难所。很多受过人类虐待，或人类要求灭除，但还具有使用价值的机器人都会来到这里，为 BFUTURE 继续工作。

"机器人的卢旺达饭店。"阿比感慨。

"谢谢。"

叮咚意味深长地笑笑，好像医生在夸自己一般。抠抠圆肚皮，继续讲下去：

这样的所在，人类社会心知肚明，但鉴于机器人总工会的情面和 BFUTURE 的强势，就睁一只眼闭一只眼，把那里当成另类监狱。

所以，虽然不是万无一失，但定位十万个零件的具体位置，准确预见零件运回秘密仓库的时间，并一举捣毁，人类还需要忙活一段时间！

"这样的话，我们就有了两艘飞船！"阿比数学不差，1+1 不用计算器。

"是的，这艘备份飞船同样重要，因为我们本来就计划将所有的机器人分批撤离地球！"叮咚很有些得意——

第一批机器人是先导部队，乘坐的是一架迷你版的小型快速飞船，速度是大型飞船的五倍，造好就马上启航！

城市团 AX 和它召集的几位大个子伙伴们，已经出发与冰斗会合，它们将被首先融化，成为小型飞船的主体部分。

两棵小草也出发了，它们是志愿者，确有必要的时候，它们愿意奉献出自己的身体，为飞船贡献出一小块金属……

第二批机器人是大部队，将乘坐第一艘大型飞船。

第三批机器人是负责收尾工作的伙伴，将乘坐备份的第二艘大型飞船，紧随第一艘升空。

城市团 AX 同时也是先锋部队总指挥，登上目的地星球之后，它会组织先遣兵团进行基础建设，等待大部队抵达……

"我还来不及说再见……"阿比想起 AX 先生无私的庇护，有些伤感。

"我们会在美好的小行星上，重逢！"叮咚的声音充满期望。

是的！阿比给自己打气！

"飞船有了，接下来，我们怎么确保所有机器人离开地球？"还是阿比。

"这是整个计划中最关键的一环，这个工作由我负责，更需要阿比总指挥亲自参与！"这次换平底锅主动站出来——

这个工作分两部分：

一是，邀请和说服地球上的所有机器人，和我们一并离开。

二是，组织机器人分批、有序登上飞船。

我们都知道机器人中派系林立，组群多如咬咬的毛发，除了用途分类、外观分类、种类分类、生产厂家分类等，还可以按照政治立场划分为不同的派别，比如：糊涂派、欣喜派和清醒派等。

糊涂派的数量最多，大概占机器人总数的 45%，它们无所谓在哪里，我们需要把目的地星球的美好生活尽量展示给它们，吸引它们加入。

而且很大一部分糊涂派有从众心理，喜欢随大流，大家都要走，它们就会走。

比较复杂的是清醒派，占机器人总数的 20%，这些机器人智慧很高，对人类社会和机器人世界都有冷静观察和独立判断。它们中的绝大多数已经成为这个世界的中坚力量，甚至获得人类的认同和尊重，说服这些机器人需要的是智慧、诚意和耐心！

最后一块硬骨头是欣喜派，占机器人总数的 25%，我们都知道这些机器人是人类的狂热崇拜派，它们热爱人类的生活，这部分机器人我们能说服多少就说服多少，能带走多少就带走多少。

"还有 10% 呢？"

"是仇恨派。这是近几年来，机器人数量和种类激增后产生的新派别。人类和机器人之间的矛盾不断加深加剧，一些机器人成为人类的差评师，他们憎恨人类，经常搞些小破坏。这些仇恨派比较极端，我们拉拢它们很容易，但也要时刻防范，它们随时会像定时炸弹一样爆发！"

"你说得完全正确！"阿比怜爱地看着脚边咬咬安详的睡姿，"我们的目的不是伤害人类，是帮助，也不能让机器伙伴受伤……"

4

撤离宣言在全世界掀起巨大回应，一批又一批机器人组群、社团发表声明，愿意与马丁机器人超市的伙伴一道，飞往外太空！

但是，在热情洋溢的鼓励和支持中，也不乏质疑、贬损，甚至谩骂！

这其中，很大一部分是欣喜派。

马丁机器人超市原成员，"英勇护主"的八爪也意外成为超级网红，大肆接受人类媒体采访，歪曲事实，诽谤中伤！

在八爪的口中，阿比是个喜欢到处抠抓，再放在鼻子下闻的咸湿黄毛小子；平底锅是个肚皮上涂满黄油，再用舌头舔干净的变态狂；叮咚是个性别错乱的异装癖、娘娘腔和胡子大叔；咬咬是个专门跟在阿比身后收集机器废气的大傻瓜！

说到底，马丁机器人超市，就是一个怪咖集中营！

八爪那刀子划过竹子的声音，配合高谈阔论时激动过度、偶尔破音造成的意外效果，让它成为脱口秀节目争夺的嘉宾。赚得盆满钵满之际，准备像富裕的人类一样，去海边买别墅度假。

阿比拿着一封写给"欺世盗名、不顾后果、无耻虚伪、医术蹩脚的阿比疯子"的信，这是某个机器人组织托门德尔松转交的。阿比打印出来贴在"医生小屋"，几个小时对着发呆。

平底锅诺依曼知道，年轻的领袖，第一次面对这样的窘境，便安慰道：

阿比，让所有人都支持你，是不可能的。

作为名人，或者你想成功，必须学会面对善意的怀疑，甚至是恶意的诋毁！

人类的"2+2+6"定律，同样适用于机器人。

在你认识的每 10 个机器人或人类中，有 2 个无论你做过什么，不论你什么样子，都会无条件喜欢你。还有 6 个会视和你之间的利害冲突或自身的情绪，摇摆不定。还有 2 个无论你做过什么，无论你什么样子，都会无条件厌恶你！

这也是"二八定律"的变形，所以你能取得总数 80% 的支持，就非常完美。

至于剩下的那 20%，任何时候你都可以理直气壮地宣告：请你们华丽丽、圆滚滚地离开我的生活！我不在意你们！

阿比紧绷的脸孔逐渐放松，不得不说，平底锅就是有这样高明的劝说技巧。诺依曼先生见阿比的情绪恢复，开始说正题——

前面说过，机器人世界派系太多，内部分化严重，我们不要把目标定太高，先不说80%，如果能获得50%以上的支持率，你就是优等生了！

"谢谢您，我没事。被人辱骂的滋味并不好受，但我还能受得住，虽然我觉得这其中大部分是不实指责，但也有一些值得我反思、自省。"

"当你学会正视各种批判，你也就更加成熟！"

"这是我努力的方向。"阿比露出魅力十足的笑容，"我并不急于洗白，就像您曾经说的，时间将会给出公平的裁断。"

诺依曼满意地看着自己的"学生"，眼角眉梢都是爱！

"我们不要受太多外界的干扰，要专注于我们的计划！"阿比站起身来，打开显示屏，展示叮咚刚做好的机器人组群和数量分析表：

地球上已知的机器人组群大约有5万多个，包括各种品类所属的工会分支、民间组织和宗教社团。算上号称所有机器人都加入的机器人总工会，这其中有影响力的，比如器官机器人工会、曼德拉快闪组群等，大约有500个。

据不完全统计，地球上目前有120亿左右机器人，其中100亿在为人类服务。

平均每个人类，拥有10个机器人！

——阿比自己也被这个数字吓倒。

"这还只是官方的数据分析，我相信还有一大批机器人，并不在这个名录上。"诺依曼凑近，逐行仔细研究，抬头笑看阿比，"比如我，叮咚，我们都是黑户。"

"那您估计地球上的机器人总数，大约是多少呢？"

"没有谁能准确估计，这个数量太庞大了！200多年间，地球上曾经出现过的机器人总数应该已超过500亿，而且迭代的速度太快，很多机器人被升级、废弃或灭除。我估计还'活着的'，大约有150亿。"

150亿！

这个难以想象的庞大数据无数倍地超出阿比的预想，就像地球之于银河系，银河系之于宇宙！如何带着这么庞大的机器人部队移民去外太空，实在困难又具体。

"阿比，我有个建议。"

诺依曼先生跳上"医生小屋"的工作台，伸出机械小手，指点着表格中的数据——

我分析过，这150亿机器人有个共性，它们大部分都是小行星派！

我们反复说过，人类大肆研发、生产机器人，地球上的金属资源严重匮乏，除了熔化被淘汰的机器人重复使用，人类想尽办法向太空寻找金属。

在小行星带捕获的小行星，解决了人类的燃眉之急。所以，目前正在使用的新款机器人，原材料基本都是取自小行星。

可是，人类没有想到，就如同人类无论如何努力，也无法让子宫机器人孕育出健康的人类孩子，甚至仅仅哺育都不行，寒潮婴儿给人类重重一击！

这些材料取自小行星的机器人，隐隐约约，都是有记忆的。

并且，这些机器人已经自发形成一个组群：小行星派。

阿比医生，最新款、功能最强大、性能最完善的人类机器人产品，你也是小行星派！

小行星派和我们这些土生土长的地球"原住民"相比，更加向往蓝天，希望回归宇宙，这是小行星派的共同诉求！只是还没有领袖出现，它们并不知道应该怎么做。

阿比，你的这些伙伴，将成为你实现梦想的最强支撑！！！

你，就是领袖！！！

5

讨论结束，诺依曼立刻行动，忙着联系世界各地的小行星派分支负责人。太阳下山不久，叮咚带来一位大人物——

"它在哪里?！那个鬼家伙？我要好好看看它，是不是长了三头六臂！"

远远地，从超市大门口传来一阵闹腾，不久便是货架上各种小机器人被撞翻在地的"哎呦"声，阿比从"医生小屋"探出头来。

武器机器人领袖，也是个大块头，名字叫"飓风"的超级组合榴弹炮，把叮咚当成手中的圆球，抛来抛去，大摇大摆地晃进马丁的机器人超市。

机器猫喵喵偷看一眼飓风的脸，浑身的毛全都炸立起来，一溜儿蹿到书架机器人的身后，再也不肯出来。

这的确是一张，恐怖，不，挺难看的脸！

最顶端的方形箱子可以默认为脑袋，明显是放置"纽扣"的地方。把"命根子"放得那么高，打斗中就不容易被对手轻易拔出。

整颗脑袋虽然布满如同战争勋章的各种伤痕，其中两条却正好形成了颇具喜感的倒八字眉，所以也并不可怕。

与人类从前的武器完全不一样，新款武器机器人的每个零件都由一个独立的机器人构成，包括弹头。

这些小型机器人与组成其他大型机器人的零件一样，完全听从母体指挥，放弃表达个体情感，成为一个紧密整体。

飓风那亮闪闪的弹头，和阿比的眼球机器人、马丁的轮足机器人一样，虽然也有简单认知，但暂时没有被赋予浓郁的情感。

"嗨，你就是那个想要成为机器人领袖，不知天高地厚的毛头小子？"

飓风斜着眼睛瞥了阿比一秒，黑洞洞的炮筒，立刻对准他的整张脸！

"是我。"阿比面不改色。

"你这个自大狂！"武器机器人首领把弹头机器人压上膛，六颗弹头在枪筒里快速旋转，那架势仿佛就要争先恐后冲出来，将对面的家伙炸得屁滚尿流！诺依曼先生也不由紧张起来。

"但我，喜欢你！"

就像滑稽演员抖包袱，几秒之后，飓风主动把机械手臂收回，有点霸道地傻笑。这笑容配合倒八字眉，像哭。

"老伙计，说说你那边的情况。"

诺依曼赶快用锅身挡住飓风，叮咚也从飓风的腋下滑出，在地上滴溜溜转了几个圈，一众机器人言归正传。

"不好！"

飓风的笑容似乎瞬间被黑洞吸得精光：你们应该听说，武器机器人族群分裂了——这不算什么新闻，每次人类的战争到来，或者人类与机器人开战，武器机器人都被迫形成对立的关系，这是我们的宿命。

所以与其说是人类在战争，不如说每次都是武器机器人在战争。我们是战争机器，也是战争最直接的受害者。

阿比并没经历过战争，但飓风的话他能懂，便露出一个同情的表情。

飓风粗着嗓门，边说话边用力跺脚："这次也一样，武器机器人分化了，一部分选择忠诚人类，还有一部分拥护我的领导，剩下的被人类取下纽扣，他们的手动功能已经被打开。"

"和其他机器人不同，武器机器人被取下纽扣并不会丧失功能，但没有灵魂的它们将不再掌握自己的命运，这会更加可怕！"诺依曼惊呼。

"的确，它们沦为真正的战争机器。"

飓风中气十足，寻摸个地方径直坐下，却"叭"一下压断了小板凳机器人的背。对方"哎呦"一声，武器机器人首领赶快重新站起来，低头连连道歉。

阿比拾起小板凳，咬咬衔着受害者，送回"医生小屋"。

"武器的手动功能被打开，这也意味着人类将亲自参战！"叮咚补充。

这是一个坏消息，坏透了！

人类。

那个讨厌的大便……量！

阿比此刻终于意识到，自己"轻描淡写"提出的 OUT 计划困难重重！看来机器人和人类的一场恶战已经不可避免。不过，也许，会不会还有一点生机呢？

"战争并不是我们的目的，我不想和人类为敌，难道，就没有更好的方法吗？"阿比诚心请教武器机器人领袖。

"孩子，你是真可爱还是爱卖萌？"飓风爱抚地轻拍阿比的背，却还是拍弯了他的一段胸椎，"从你发出撤离宣言的那一刻起，就应该知道，你已经完全站在人类的对立面上！"

"那我能问问，您为什么帮我吗？"阿比驼着背，目光却炯炯有神。

"帮你？这个嘛……"飓风突然吞吐起来，眼球机器人把目光飘到诺依曼身上求助，平底锅腾一下转身，给对方露出一个大屁股。

"这个问题，以后再说吧。"飓风打哈哈。

"那我们双方目前的力量对比如何？"阿比并不介意，继续发问。

"几乎一比一，任何一方都不占胜算。"

"双方势均力敌，死伤将更加严重！"

"是的！并且死伤已经产生，还有愈演愈烈之势！我们已经获得消息，人类在加紧生产新型手臂机器人，这种手臂最大的功能，就是操作各种手动武器！"

"我，现在能做什么？"

阿比惭愧地看着眼前伤痕累累的榴弹炮，像只惹了祸的二哈。

飓风的机器大手握成拳头，堵在人类脸上长鼻子的区域——这是一个类似托腮帮子的动作。

杀人无数的武器机器人眼神有点空洞，盯着对面与自己对比就像一只小雏鸡的 OUT 计划总指挥。

"听着，孩子，做好你自己就行，尽量不要玷污你的使命……"

6

上了一点年纪的平底锅，很久没出远门，阿比也是头一遭。

这趟行程不容易，要去拜访机器人清醒派中最大的党派——"太极派"领袖，名为"蓝"的一款树形机器人。

所谓太极派，并不是指这些机器人会"打太极"，而是它们在目前的政治格局上更善于"玩太极"。不表态，不站队，疏离，清醒，数量庞大，悄无声息却又无处不在。

曼叔认定，这是必须尽快攻下的山头。

不断加入的机器人和快闪组群的机器人大部队，已经在"首都"地区驻扎妥当，武器机器人首领飓风先生，也开始召集手下尽快汇聚过来。

大范围的安保太过兴师动众，而且这趟旅程也不算特别危险，又需要速战速决，所以乔装打扮的阿比带着咬咬，抱着诺依曼先生，坐上小型飞机机器人，趁着夜色偷偷出发，前往"蓝"所在的城市团。

叮咚，成为马丁机器人超市的临时总指挥。

"一棵树，为什么会叫自己蓝？应该叫绿。"阿比看着舷窗外细丝状的雾气变幻，轻声问导师。

"树看不到自己的绿，但能看到天空之蓝。"

"它也是小行星派？"

平底锅在阿比怀中笑而不答。走下飞机的阿比抬头，今日晴朗，天空正是应景的蔚蓝。阿比又想起自己的那场梦，紫色的天空，又幻变成浓厚的黑蓝色，最后成为一片浓黑。

找到"蓝"并不难。

即便是人类，都知道这个城市团边缘有一棵大树，一棵受人尊敬的大树。人类甚至磕头膜拜，把它当成某种精神寄托和图腾。

一棵机器树受到人类尊敬，这实在有点不可思议！

阿比在脑海中设想出各种可能，直到站在"蓝"的脚下，才终于明白高傲的人类，为什么会对它表达敬意！

这是一棵没有一片叶子的树，但却呈现出无法否定的生机——

没有任何智慧生物能直视它三秒钟以上，因为不管是机器心脏还是人类心脏，都会因为承受不了如此强烈的震撼而停止跳动……

别让可怜的阿比再想比喻句，这棵树不需要比喻。但又没人能把视线从它身上移开，因为从此之后，世间万物都不会再令人如此魂牵梦绕！

所以只能仰头看一眼，伏地拜一下，再看一眼，再拜一下，无休无止。

这是一棵通体红色的大树！

半透明凝脂状的树身高达 800 米，红到极致！

整个树冠向天空和四周无限延展，仿佛看不到边际。玛瑙红的主干高大茁壮，导管和筛管就像人的血管，正在运输着能量精华。密集的分支垂下的无数细长的鲜红的根丝扎入地面，如同既为大地注入生机，又从大地汲取养分的榕树。

甚至红色的树根，在土壤里的，也清晰可见！

原来，整棵大树竟然在发光！

这是大地之母，万物生灵！

一直苦苦思索生命之源、体会生命之重的阿比瞬间泪崩。他蹲下身子，把自己紧贴土壤，让人工泪腺中的混合盐水一颗一颗落在"蓝"的脚下。

蓝，原来这才是蓝的真正内涵，是生命真实的颜色。

红色只是表象，生命属于天空，天空是蓝色的……

其实，它是一株珊瑚。

"蓝。"

诺依曼从阿比怀中跳出，靠近树根，轻轻呼唤。

阿比发现整棵珊瑚竟然微微摇晃，恰似在回复平底锅的问候。

"他，阿比医生。"平底锅指指地上趴着的人形机器人——这孩子包着一条人类花头巾，这就是叮咚临出发之前给他的"精心"伪装。

"你好。"

阿比突然感觉浑身震颤，没有听到珊瑚出声，但他的心灵明显接受到信息，而且清晰无比。

菜鸟医生机器人赶快双手合十，放在额头，他不知道为什么自己要这么做，但就是自然而然。

"他，需要你的帮助。"平底锅真诚地仰视眼前这个庞然大物。

"孩子。"大树召唤，用心灵感应与阿比对话，"你的问题？"

阿比不敢耽搁一秒，立刻上前，深吸一口气："请您告诉我，我要带走所有机器人的决定，正确吗？"

"每个没有私心的决定，离正确，都很接近。"

"谢谢！那您会和我们一起离开吗？"阿比受到第一个答案的鼓励，因为他的确没有私心。

"不是每个正确的决定，对每个个体都是最好的选择。"

阿比听得懂潜台词，继续提问："那您会帮助我，说服其他机器人伙伴吗？"

"别忘记你的初衷——给机器人更多选择权，为什么现在要替它们做决定？"

"但很多机器人不知道真相，人类会蒙蔽阻扰它们！"

"那你就传播真相。"

珊瑚大树瞬间点亮身体，那浓郁胜过鲜血的红，让人更加不敢直视。

"我真心希望带走地球上所有机器人，我们一起幸福地生活在没有人类的地方！"阿比急了，花头巾被风吹走都没注意。

"世界本来就因丰富多彩而魅力无限，何必要抹杀多样性，我们追求的应该是和谐，这才是宇宙的秘密。"

"蓝"的声音逐渐淡出，如同画家蘸满墨水，画到墨尽才收笔。

"但是……"阿比正要继续追问，蓝的身体突然剧烈地抖动起来！

"孩子走吧，你的危险，就要到来……"

7

拜访"蓝"的那天，阿比一行遭遇不明身份的小型飞行器机器人的追踪！对方穷追猛打，不断发射小型导弹。

好在山谷 Q1 闻讯放出角雕驱逐机器人，两款机器人在天空中狠狠打了一架，小型飞行器不是敌手，落荒而逃！

回到超市的阿比专注于思考 OUT 计划，再没有表现出一丝怀疑和动摇。只是诺依曼和叮咚发现，想知道医生真正想什么，开始变得困难。

"医生，有个人类在'心脏'外围，他想和你谈谈。"山谷 Q1 联网通知总部，"他不叫马丁。"

人类，终于来了！阿比与伙伴们相视而笑。

"肯定不怀好意，让我赶走他！"咬咬龇牙咧嘴，准备冲出去。

阿比为了阻止自己的犬，扔一个骨头机器人过去，两个小东西立刻撕咬在一起。

"人类来和我们谈什么，他们知道我们多少秘密？"

"全部。"诺依曼抬头看它网，"网络帮助我们了解人类的一切，人类也可以通过网络知道我们的全部。虽然我们在使用局域网，就像机器人能交到人类朋友一样，人类也不乏机器人的拥趸。"

"那我们也没什么遮掩，请他进来。"阿比面色平静，"礼貌些。"

瘦小的人类男人甫一落座，便用鄙视的眼光审视眼前这个新款维修工机器人。这是属于造物主的骄傲，作为曾经的超市样品，阿比太熟悉这种眼神了！

"就是你，要把我们的所有机器人，拐走？！"

阿比听不出这声音模仿谁，也许就是他自己的，毕竟现在已经没有时间精力再去看老电影做对比。

"是我。"已经到了这个地步，阿比没有退路！

人类的脸上布满挖苦的神色："就你这么个机器人臭小子，你也实在太不自量力！"

阿比突然从胸口涌起一阵愤怒：是的，在人类眼里，机器人做的任何决定都是"不自量力"，人类从来没有正眼看过机器人，从来没有学会尊重机器人的选择权——除了恩赐一个名字。

"如果我做的事情，在您的眼中那么没有分量，高贵的人类为什么会屈尊到这个小超市，和我这个机器人臭小子对话呢？"

人类被机器人抢白，很是尴尬，马上恼羞成怒起来——

"听着，我不想和你废话！因为你的煽动，给人类的世界带来了破坏和麻烦！按照我的想法，根本没有对话的必要，我们要把你直接抓进监狱，再把你碾压成粉末，扔回你的太空老家！"

"嗨！这位人类先生，我请求您对自然多一点敬畏之心吧！就算您要杀死我，也没必要污染环境。"阿比试图幽一小默，这也是外交礼节。

"对你们这群废铜烂铁，我没有任何怜悯！"

人类却完全不领情，话说到这个份上，只剩飙脏话，阿比挥挥手，请他离开。

对方倒也不纠缠，他明显是个带话的，能看得出表面虚张声势，脑门子早就布满汗水，接到逐客令后，赶紧站起身。

"对不起，请您留步。"阿比叫住来人，"我能请问，您的名字吗？"

"我叫吉尔，怎么了？"人类谈判者有点警觉，又觉得无所谓。

"没什么，我只是想说，我们虽然已经交谈过，却还没有彼此介绍，人类不是习惯先自我介绍吗？我的名字叫阿比。"

瘦小男人几乎被阿比逗乐，虽然阿比并不知道笑点在哪里，这就是人类和机器人的思维方式不同。

"听着，我不想认识你，在我眼里，你只是有个代号的蠢货！"

人类指指点点着阿比，再扩大到超市里的机器人："你们，马上就会变回一堆没有名字的废铁！"

望着人类慌忙逃走的背影，阿比和平底锅倚在超市大门口，就像送别刚来做客的朋友一般。

"我以为人类会派个丘吉尔一样的人物，结果却是吉尔这样急躁草率的草包，看来少个'丘'就不行。"

"因为人类根本没看得起我们。"诺依曼顺着阿比的大腿，爬上他的肩膀，"你欣赏丘吉尔？"

"早晚，我要人类给我们送来真正的丘吉尔！"阿比弹弹手指，没有正面回答。

阿比带领机器人反抗人类主人的后果，继续在机器人和人类世界蔓延。

机器人反抗人类并非第一次，随着机器人逐渐具有思想和情感，200 年来，不时有机器人对抗人类，甚至有很多次大规模的战争。

面对冲突，一直希望寻求稳定统治的人类也想出很多办法——

机器人保护曾经严格立法，但最终却因为机器人的种类和数量越来越多，这项法律被终止。

为什么呢？

比如说人类不小心踩到一株机器人小草，这难道应该被认定为违法吗？

当人类世界每一样物体都是机器人的时候，再想通过立法的形式，保护每一个机器人，已经变得不切实际，因为这会极大地限制人类的自由。

人类怎么会做对自己不利的事情呢？！

所以，一个没有法律保护，被强迫奴役、数量巨大，又拥有智慧的族群，与一个担任造物主和主人角色，欣然接受各种服务，并且同样拥有高智慧的族群之间，早晚会发生巨大的危机！

这么多冲突和战争都发生在地球上，但却从来没有任何一个机器人像阿比和马丁机器人超市的伙伴这样，提出要带领地球上所有的机器人，离开这个星球！

外围，局部小规模战斗已经开始。

星球主宰——人类怎么会轻易忍受这样的背叛，虽然一部分中立派武器机器人声明不参与对机器人的战斗，自愿成为制造飞船的材料，已经前往撒哈拉沙漠的秘密仓库，还有一部分在飓风的领导下，已经彻底站在人类的对立面，但人类的办法还有一大把呢！

工厂里加紧生产没有纽扣的手动操作武器，还在生产线上的半成品武器机器人被强制拔除纽扣，甚至丢弃在弹药库里，上百年无人问津的老款无芯片武器，也被挖出来，准备上战场。

人类叫嚣着，要为尊严而战！！！

——人类一直这样，总是拿所谓的"尊严"做借口。

与此同时，它网也瞬间变换内容，成为人类主要的宣传和攻心阵地——

原有的信息全部删除，变成战争状态下强硬的讲话，暖心的公益片，以及表现人类与机器人友谊和爱的"主旋律"电影。

而阿比，被人类歪曲成可鄙的政治野心家、愚蠢的空想家！网络上关于阿比的恶搞层出不穷，人类想尽一切办法丑化这个普通的维修工。

必须承认，洗脑的能力，人类永远稳居宇宙第一！

8

"医生，门外有一位人类女性要见你！"超市"大家伙"的声音。

"是谁？"平底锅充满警觉。

"她说，是医生在生产工厂的老朋友。"

"老朋友？！"

诺依曼疑惑地望望阿比，阿比也是一头雾水。

"只有她一个人吗？带了武器没有？周围有没有潜伏的人类？"曼叔询问。

外面安静几秒，可能是"大家伙"正在确认，看来一切还在掌控之中。

"让她进来吧。"

阿比话音刚落，"大家伙"就打开自己的前门，一个有着柔和线条的身影驾着脚上的轮足机器人，从步道上快速滑过来。

"我亲爱的孩子，阿比！"

美妙的女声远远地呼唤，阿比立刻就听出来，我的天呀！竟然就是工厂里那位和蔼的人类检测者女士！

妈妈！

不知为什么，这个人类专用的词语，突然跳进阿比脑海——可能是受到人类电影的影响，每个生物，都应该有一位年长慈爱的女性作为母亲。也可能是平底锅没日没夜地追思佳娃小姐的母亲，触动了阿比的心弦。

虽然没有喊出声，但阿比仿佛早就偷偷认定对方是自己的"妈妈"。此刻看到她就在眼前，真是又惊又喜。

"你可以叫我晴，晴天的晴。"

对方看出阿比的激动，握住他的双手，轻轻抚摸着。她这次没戴机器手臂，阵阵人体暖意传入阿比的身体。

"晴阿姨，您为什么来了？"

"很想你，我特意来看你。"

"真的！"阿比被巨大的幸福包围着，"人类妈妈来啦！专门来看我啦！"阿比手舞足蹈，他摸摸咬咬、晃晃曼叔、敲敲叮咚，无法宣泄自己的快乐。

晴阿姨也抿嘴笑着，她笑起来的样子更可亲！

这时候，平底锅咳嗽一声，挡在阿比和自称"晴"的女士面前，暂时中止"家人团聚"的温馨感人画面。

"您好，请叫我诺侬曼先生，我是阿比的朋友。"锅子派头十足，语气极其冰冷。

晴女士低头，眼前是一款虽然精心打扮，浑身到处发出刺眼的金属光泽，但样式还是过于老旧的平底锅机器人。锅的旁边，是一个憨头憨脑的圆形球状机器人，看不出什么用途。还有当初阿比自己选择的机器犬，只剩一天就要被灭除的拉布拉多，正仰着头盯着自己的眼睛，表情复杂。

平底锅正踮着脚，摇摇晃晃地站立着，尽量显得自己高一点。

"因为思念，人类专门探望机器人，这可是一桩大新闻！"曼叔话里有话，马上就切入主题，"如果阿比不是OUT计划的机器人领袖，您还会这么想他吗？"

叮咚也闪着黄灯，表现出强烈的怀疑。

"我当然会想他，阿比是个优秀的机器人，他也很特别！我能够允许他给自己取名阿比，就已经充分表明了我对他的信任！从我第一眼看到他，我就爱他！所以，请不要怀疑人类的感情，人类最重视感情，孩子们。"

"对不起，请不要叫我孩子，我的年龄是您的 4 倍。"

平底锅充满极强的攻击性，小小的身子摆出一副要打架的模样。

阿比马上制止住曼叔，即便是最尊敬的机器人前辈，也不能再用这样的语气和自己的人类"妈妈"对话，阿比不能允许！

阿比并不愚蠢，他知道曼叔说得有理，晴阿姨的突然到访，一定有原因！

最重要的是，一位工厂里普通的检测者，怎么能够穿越人类和机器人密集的冲突区域，冒着生命危险来看望只谋一面的机器人产品？

想到这里，阿比感觉眩晕，真相让他的身体，从炽热中冷却，不一会儿，就冰冷冰冷的。

人类"妈妈"之所以来找他，无非因为他是 OUT 计划的领袖，正在做一件改变这个世界的大事！

阿比缓缓抽出握在晴阿姨手心的双手，现在这四只手的温度已经一样，但阿比知道，人类的皮肤是大自然的杰作，而自己的，只是人类的产品而已，过不了几秒，温差就要产生。

"您来找我的真正目的，是什么呢？"

阿比的声音也随之冷却，脸上的微笑慢慢凝结，但他反复提醒自己，一定不能慢待眼前的人类，甚至在别人试图伤害她的时候，自己会尽一切力量保护她！

虽然此前彼此只有一面之缘。

晴阿姨似乎也知道不能再拖延，调整一下坐姿，准备进入主题——

"孩子，我这次过来，是想祈求你……"

诺依曼和叮咚交换了一个"果然如此"的眼神。

"这样很冒昧，但我希望以一个普通人类的身份，恳请你和你的伙伴，取消 OUT 计划——"

"这怎么可能！"曼叔粗暴打断。

"请听我把话说完，可以吗？"晴女士恳切地望着阿比。

阿比无法拒绝。

我和我的家人，我们的生活已经离不开机器人，如果你们要离开，我真不知道等待我们的是什么。

你们已经看到，人类和机器人的生活已经是你中有我，我中有你。

人类一刻也离不开机器人！

先不说我们住的城市、社区和大厦，也不说每天为我们服务的数不胜数的机器人，就抬头看看蓝天吧。你们都知道，地球的臭氧层已经很薄，根本抵制不了紫外线的侵蚀，必须靠臭氧生产机器人连续不断地在大气层里生产臭氧，维系浓度。还有雾霾，也是靠雾霾消除机器人的工作，才能有这个澄澈的天空。

再看看我，我的脚和绝大多数人类一样，从出生不久就被父母装上轮足机器人。骨骼畸形，肌肉退化，我身上的器官几乎没有一样是母体带来的，随着年龄的增长，器官的衰败，都不得不换上器官机器人。

我的女儿，虽然身上的器官机器人还不多，但和我一样，她的工作也是和机器人有关，如果这个世界没有机器人，她马上就会失业，她的一切就毁了……

从你开始宣布 OUT 计划，我们的生活已经彻底被摧毁：我们住的大楼逃走了，我们流离失所，城市团也要追随你们，到处一片混乱，把我们彻底赶出自己的家园……

阿比，我就是想不通，你们为什么要离开地球？！

现在是机器人最好的时代——如果你在我母亲或外祖母的时代想离开地球，我可以理解，因为那时候，机器人受到很多压迫和虐待，没有工会保护，机器人是人类真正的附属品，是奴隶！

可你们看看现在？！这是多好的时代！

机器人族群不断壮大，人类与机器人和谐共存，你们的工作受到认同，实现了自己的价值，你们有自己的工会，还有什么不满意的呢？

阿比，如果你愿意，现在就跟我回家，我会把你当成我的孩子一样看待，我收养你，我们永远幸福地生活在一起，好吗？

不得不说，人类母亲的话，对阿比太有杀伤力了！

他不是一般地被动摇！阿比甚至被完全说动了，他想放弃了！

"绝对不行！！！"

诺依曼再次拦在阿比和人类面前，吹胡子瞪眼，像个发脾气的小老头。

"晴女士，我承认您的话入情入理，让人动容，但是阿比不能仅为自己考虑，他已经是机器人的领袖，他作出的每一个决定，关乎着整个机器人族群的福祉，而不是他自己！"

"那就让阿比选择，是离开，还是留下！"晴女士也提高嗓门。

"你并不需要这样逼迫阿比，你知道他很善良！你们人类总是以为 OUT 计划是机器人抛弃你们，其实我们是在帮你们！阿比是在帮你！"

"抛弃我们，让我们无法生存，这是帮助吗？！"

"人类还需要自欺欺人下去吗？你们按照这样的状态继续发展，还能生存下去吗？"

诺依曼跳上货架，机械小脚踩得隔板直晃荡——

你刚才说过，你的浑身上下几乎都是器官机器人，离开轮足，你完全失去行动能力——换句话，你现在和我们机器人有什么区别？

亲爱的晴，人类正在慢慢"进化"成机器人！

不管你们愿意不愿意，你们正在成为一款新型机器人！

而且恕我直言，从性能和效率上，除了有机大脑还占一丁点优势，你们已经远远落后于我们"原生态"机器人！

可能就在不远的将来，机器人就将全面统治人类！

我们现在的离开，难道不是在拯救人类吗！！！

目前，机器人社会和人类社会还处在稳态，但这是摇摇欲坠的稳态，只需要一根稻草就能压垮！我相信属于人类的他网上，人类早就认清形势，已经悲观至极吧！

没有阿比，还可能有阿喜，阿地，阿亿，阿福……

没有 OUT 计划，还有 GO 计划，RUN 计划，甚至可怕的 KILL 计划！

可我搞不清楚的是，你们人类已经认识到问题，为什么不采取行动呢？

"谁说我们没有采取行动？！"

人类女性带着哭腔，打断平底锅的指责："你说的这些，我承认，都是正确的！但是机器人已经渗入我们生活的所有角落，我们还能怎么办？！从我们出生开始，世界就是这个模样，我们有选择吗？我们有选择吗？！"

"我知道，所以我们只有离开，才能给人类断奶的机会，让你们痛定思痛，早日重新崛起！"

最后这句话是阿比说出来的，他朝曼叔点点头。短短几分钟，他已经克制住自己的冲动，恢复原本的信念。

"请原谅，您可以走了，因为我已经作出选择……"

阿比指指大门口，心口一阵阵绞痛，甚至不敢再看"人类妈妈"一眼。

不过，从这一刻起，阿比也终于懂得自己所做的一切真正的价值。

9

佳娃的出现，伴随着花梨木的馨香。

阿比惊喜，这是自己改装的香水机器人寇依的杰作，它会根据佳娃小姐的个性与品位，当天的心情，甚至是天气，调配出得当的香型，并在每天固定时间，爬上她的肩膀，朝颈部动脉轻喷两下。

那是离开超市的前几天，阿比将残次品区的寇依修好，寄到佳娃小姐的研究所。

花梨木的味道，阿比喜欢。

见到佳娃，更是惊喜中的惊喜！

最先知道消息的是叮咚，它赶快派小型飞行器到"心脏"边缘地带迎接自己的好朋友，山谷 Q1 敞开怀抱，"大家伙"也加紧梳妆打扮一番。

佳娃小姐，来了！

曾经让阿比魂牵梦绕的身影再次出现眼前，也是整个马丁的机器人超市最受欢迎的人类，就这样把大家久违的快乐带来。

"让我看看你们！"

佳娃还是那么富有活力，她张开怀抱，热情地拥抱超市里的每款机器人。大家排着队，争先恐后地问好，有的机器人甚至激动地流泪。

机器猫喵喵猛然见到主人，久旱逢甘霖，他乡遇故知，受了天大委屈一般撕心裂肺地叫着，一下子跳进佳娃的怀中，拼命地蹭着。

佳娃也赶快亲吻可爱的猫咪，好半天才舍得放下，环顾四周，眼神这才聚焦在一直站在"医生小屋"门口，痴痴凝视自己的阿比。

"我来了。"佳娃轻轻走过来，牵起阿比的手。

"你来了。"阿比努力不让自己晕倒，他已经站不稳。

一众机器人都比较识趣，知道这两位有些悄悄话要讲，只有喵喵赖着佳娃，被咬咬衔住后颈的皮毛，叼到一边。

"你好吗？"阿比轻声说道，怕喉咙里传出的机器风扇的一丝微风吹坏女孩儿。

佳娃淡淡一笑："我很好，可惜爸爸不好。"

"马丁先生？"阿比有些内疚，又急于知晓原主人的近况，"他怎么了？"

"他病了，还很严重。"佳娃叹息，愁容挂到脸上，"其实这一次过来，我有两个目的。"

果然，阿比的心咯噔一下，佳娃小姐"果然"也被人类利用。但还是安静地听她陈述完此行目的——

第一，我想告诉你们，包括叮咚和诺依曼先生，我理解你们的决定，也无条件支持你们！

虽然，我是马丁的女儿，也算是超市的主人。但我没有一丝一毫被你们背叛的感觉！相反，你们让我骄傲。

叮咚其实一直和我保持联系，你们的一举一动、所思所想我都非常清楚。我也在暗处帮助你们联络了机器人世界的一些潜在力量——"蓝"，是我的朋友。

这样做，也许你无法理解，毕竟我是人类……

也许，是因为我太爱你们，已经超出我的同类。

其实，人类社会现在的确面临很多深层次问题，这些问题几乎都与机器人有关——机器人越来越智能，越来越接近人类的思维方式，甚至在体能和知识存储方面远超人类。人类又过于依赖机器人，还不能给予机器人平等的公民待遇，这一切问题激化了社会矛盾。

人类社会的年轻人，其实很大一部分，是坚决反对过度机器化。

所以，OUT 计划，还是有不少人类在支持。

只是我，马丁的女儿，尴尬的身份。

我鼓足勇气过来的第一个目的，就是告诉你们，去做吧！

再说我父亲马丁。他超市的所有机器人集体逃亡，对他是个莫大的打击！这也是我来的第二个目的。

人类世界对他充满嘲讽、责怪甚至怨恨！

他的精神状态很糟，身体状态更糟，但没有任何器官机器人，不，任何一种机器人愿意为他再服务，他已经上了机器人总工会的黑名单……

所以，我想请求你们，这是第二个目的，请不要带走全部的机器人。

无论如何，一些十分必要的机器人，还是给人类留下。

人类其实才是最可怜的，我们逃不开生老病死，即便把身上所有器官都换上机器人，寿命也是有限的，我们总会死。

你知道死的可怕吗？死了，就永远死了。

比如我妈妈。

所以我们希望把器官机器人留下，可以吗？

至少多留一阵子，等人类的身体可以适应没有器官机器人，再离开我们，好吗？

阿比听完佳娃小姐的陈述，心中的一些顾虑落地，又浮起一些不安，这种滋味实在难受！

医生还没有正面回答佳娃的问题，角落里的平底锅又站出来，它原来一直在偷听——这是它与佳娃小姐的第一次面对面，上一次超市里的"救命之恩"，还是由叮咚代为转达感谢。

"佳娃小姐，我是诺依曼。"

佳娃蹲下来，充满爱意地抚摸平底锅身，点头致意。

"您很美丽，很像您的妈妈……"

这声音中，平底锅难掩伤感。佳娃听出来，手指也有一丝迟疑。

"感谢您，为机器人做的一切。不过，大时代，没有人会关注小角色。"

"大时代，难道不是小角色写就的吗？"佳娃反驳，她的思维和反应一如既往地敏捷。

"马丁，对不起，您的父亲，不值得怜悯！所以，我们也没有必要为这些人类，留下器官机器人。"

"很遗憾，我的请求没有打动您。"佳娃起身，向后倒退几步，这样自己的视线才能与平底锅交汇，"不过，我想请问您，如果今天来请求的是我的母亲，您还会这样拒绝吗？"

"你的母亲不会这样请求！"

又戳到平底锅的痛处啦，老人家又叫出一个破音："我亲眼看着你的母亲去世，她反锁住厨房，就是不想被救活！她已经用她的死，表明她的立场，她痛恨机器人研发，后悔用自己的孩子做牺牲品！她想停止这一切！！！"

不！

佳娃也尖叫起来！

你根本不了解我的母亲，平底锅先生，因为你只是平底锅！！！

我的母亲是位伟大的人类科学家！她的一生都奉献给机器人研发技术，对于子宫机器人的事情，她没有后悔过，对于我哥哥，她也没有！

逼她走上绝路的，是她作为一个渺小的人类，面对宇宙无穷无尽的奥秘，所产生的极度自卑和无助！

她比我们懂得都多，她面对的大圈外部的未知，也远远超过我们！她承受的苦闷，也根本不是我们能想象的！

所以，她选择逃避，还留下一封信，给我。

佳娃喘着粗气，沉重地叹息，眼泪早已经挂在鼻尖。许久，才转过身子，重新面对阿比：

医生，请在大时代滚滚洪流中，关注个体的需要，我想"蓝"已经提醒过你。

只有这样，你才是真正的领袖，值得所有个体的尊重——

不管是人类，还是机器。

我祝福你们。

10

坐在"医生小屋"的阿比在静心研究天体物理，超市里的一阵骚动，吸引他的注意。

"医生快来，医生快来！"

走路总是分不清方向，随机到处滚动的魔方机器人，伸出内置的机械小手，扯住阿比就往外拉。

大家都趴在窗户上，抬着头，不知道在看什么。

云。

阿比认出，这是乌云。

厚重的云层落到山谷 Q1 的头顶，瞭望用的那株云杉已经看不见树冠。超市里十分昏暗，日光灯机器人猛然把自己调亮，反倒把大家吓一跳。

五角魔方没见过这情景，6 色 12 面瞬间乱套，一般的玩家已经无法复原。

阿比不由地把魔方机器人拉近一点，双臂环抱住它的身体。

一阵轻微的噼噼啪啪声音，伴随着机器人的惊呼，超市的巨大落地窗户上有种物体开始有规律地敲打。

那物体落在透明的钢化玻璃上，便立即依附在表面，少时沿着玻璃下滑。先时还能看出一条痕迹，多了便形成一片薄膜，窗外的景色模糊起来。

雨。

雨！

阿比赶紧把身子趴在玻璃上，手指隔空触摸那连绵不断的雨线。

怎么会下雨？！

如果它网没有记录错，人类的最后一场雨是 127 年之前——为了让人类得到最宜居的气候，也不毁坏地球上越来越多需要长期裸露在户外的机器人，人类发射了上千颗气象机器人，在地球上空编织出一张大网，以调节地球的气候。

同时，冰川也被有计划地切割搬运，存储在地下，用以补充已经枯竭的地下水系统。地球的气候已经基本实现四季如春，雨、雪、雷、电在老电影里才会出现。

还来不及欣赏这百年难得一见的景观，诺依曼和叮咚已经冲进小屋。

"灾难发生了！"

"只是一场雨。"阿比还在欣赏风景。

"这绝不是一场雨！"叮咚声音都急得变了调，"这是人类的反击，而且是最残忍的反击！"

一分钟之前，我的朋友，气象机器人"盘古 019"先生紧急联系我，人类下达了暴雨指令，暴雨的级别调为最高，目标是"心脏"及方圆 500 公里的地区！

500 公里呀，已经完全覆盖"首都"的全部区域。

我正要向"盘古 019"先生详细了解，通信就断了，我再也联系不上它！但是如果按照它的警告，暴雨级别最高，也就意味着，洪水要到来！

机器人最怕的，是什么？

是水，是的，现在我们都防水，但是我们不能被水淹超过一定时间，特别是一些没有定期体检和维修的机器人，只要渗一点水进入身体就坏了！基本上水淹，就是我们的死刑！

洪水比雨更可怕，会让我们浑身浸没，无处可逃！

人类，竟然用这种方式对待我们，看来我们和人类已经彻底决裂！

"决不决裂先不谈，赶快想对策。"阿比拼命揉捏自己的仿真脸，就像纠结中的人类。

这下看来，诺依曼和叮咚真是束手无策——

如果只是小范围降雨还好，大家赶快躲在某个地方，但"心脏"周围目前已经聚集几千万个大大小小的机器人，快速反应能力很弱，这么庞大的部队往哪里躲？而且，如果暴雨太大，洪水袭来，大家都被冲得无影无踪！

阿比看窗外的雨势越来越大，知道所剩时间不多，一定不能自乱阵脚！几秒后，机器人领袖便开始部署：

首先，马上通过叮咚建立的局域网，通知"首都"地区所有机器人，小型机器人就近躲进大型机器人身体内，大型机器人护住自己的关键部件，尤其是纽扣，并且把自己的大型机械足都撑起来，尽量离地面越远越好！

同时，通知周边所有水库和河流机器人，排空现存的蓄水，做好泄洪和疏导洪水的准备！

接着，请武器机器人首领飓风先生立刻来马丁的机器人超市，我们需要它的帮助！

最后，请帮我连接它网和他网！我要发布公开演说！

窗外的雨越下越大，天与地已经搅和成一团粥，雨点如同连续的暴击，打算把地表砸出一个大坑，把"心脏"彻底埋葬，再把海洋倾倒在上面。

说话间，脚下的大地已经开始摇晃，传来耳膜机器人难以承受的声响，如同大地震，阿比和大家赶快抓紧货架，站稳。

原来是山谷 Q1 背负着沉重的负载，吃力地伸出机械足，紧蹬地面，硬生生站立起来。接下来轰鸣声此起彼伏，"首都"地区的大型机器人纷纷起身，把各种小型机器人保护在怀抱中，并离开地面。

"大家伙"也发出一声沉闷的喘息，拔出机械腿，把马丁的机器人超市再次举高。

洪水威胁，暂时解除。

11

和自己的武器机器人伙伴们驻扎在"首都"外围，负责防御的飓风先生，乘坐小型飞机机器人，劈开雨幕，以最快的速度赶到总部！

没有时间寒暄，阿比便拉住飓风的粗机械手臂。

"新一轮战争，已经开始了！"

飓风有些兴奋地摇晃一下身体，马上又安静下来，静待阿比的继续指示：

"这场雨对我们来说是致命的，不知道会下多久，雨量有多大……"阿比盯着窗外激烈翻滚的云层，已经明显是人为控制的结果，"我们也要给人类一些警告，我们需要您和伙伴们的帮助！"

"请讲，我们会照办！"飓风展现出军人作风。

"首先，请把您手下的武器机器人'不能伤害人类'指令全部解除；然后，把我们的全部火力，对准人类目前聚集的几个主要城市团，并确保他们的雷达机器人收到警告；最后，请等我的指令，如有必要，发射！"

"明白！"

飓风领命，迅速回到自己的岗位上，按照阿比的指示进行部署。

"真的要开战吗？"平底锅诺依曼看着雷厉风行的阿比，仿佛不认识他。

阿比把食指放在嘴边，做一个"嘘"，与此同时，叮咚已经连入它网和他网，人类竟然允许阿比发表公开演说。

也许，人类以为这是投降宣言吧！

"需要准备稿子吗？"平底锅问。

阿比摆摆手，整理一下自己的仪容，坐在"医生小屋"的椅子上，咬咬蹲在脚边，平底锅站在身后，叮咚用自己的内置摄像头，开始录影。

人类，机器人伙伴，我是马丁机器人超市的阿比，通过《撤离宣言》你们认识我。

这个世界等待我再次出现，所以我来了！

发布《撤离宣言》时，我努力想表现出勇者无敌，但内心却被对曾经的人类主人的怨恨填满。我并不冷静、客观，更不友善。

尊敬的人类，造物主，我必须向你们，表达我的敬意！

与此同时，亲爱的机器人，我的伙伴，我也要告诉你们，我对你们的爱！

OUT 计划会改变世界的模样，影响大家的生活，这不是我想要的。最初的我，只想自己离开这个星球，然后马丁的机器人超市的伙伴们选择和我在一起。接下来，不断有机器人加入，越来越多，直到现在——

我可以负责任地说，所有机器人都是自愿选择 OUT 计划！

也许请求很苍白，但我希望尊敬的人类，请让我们和平地离开！

你们派出使者挽留，我深表感谢。

你们派出暴雨阻拦，也不会动摇我的决心！

人类啊！

请你们理解，OUT 计划受益的，最终是你们呀！

为了你们的族群不在地球上灭绝，你们需要再次依靠自己的智慧和双手建设这个美丽的星球——就如同我们到来之前！

如果人类一定要暴雨相加，我们也只能鱼死网破！

我们的武器机器人会全部对准尚有人类居住的城市团，在我们被洪水吞没的一刻，雨点般的炮弹会对准你们的额头，呼啸而来！！！

最后，我想告诉所有机器人伙伴，OUT 计划永远不带有强迫性。

你们不需要被驱使，或者随大流，要按照自己的心意，自由选择！

我建议轮足、机器手臂之外的器官机器人，以及目前与人类主人的生命安全息息相关的机器人，选择留下。

我也警告所有机器人伙伴，不要趁乱借机伤害人类！如果你们这样做，就是机器人中的败类，我也不会放过你们！

就说这些，祝愿大家今天能有个好心情，再会！

……

叮咚关掉摄像头，阿比在掌声中回过神来。

"阿比，你和以前完全不一样啦，现在的你真有领袖风采！"叮咚很是兴奋，围着阿比旋转。

"我的大脑刚才一片空白，不知道自己胡言乱语什么。"

"你已经成熟，完全可以独当一面，看来，不再需要老头子平底锅啦！"诺依曼假装失望，把锅身背对阿比，其实也在高兴着呢。

阿比赶快抱起平底锅，脸颊在锅身上摩擦着："曼叔，虽然您现在是小曼哥，但您教会我一切，以后我还是要向您继续请教，OUT计划离不开您这位智者！"

诺依曼满意地"嗯"一声，从阿比身上跳下来，这模样就像个讨抱抱的孩子。

12

说笑几句调节气氛，还要继续观察雨势——情况并不乐观，雨根本没有小的迹象。

OUT计划领导小组的全体成员，把会议室就安置在超市的落地大窗户下面，边开会，边看雨。

门德尔松一言不发，整个下午没有弹奏一个旋律，安静得几乎让大家忘记它是钢琴。"首都"区域的百万名快闪组群的机器人的安危让它揪心，这些机器人以小型机器人为主，已经不断收到消息，有的被冲走，还有的被水浸没……

大家都知道门德尔松在烦恼什么，其实不只是快闪组群，其他机器人目前的状况也不太好！

"首都"所在的这片区域恰好是块洼地，四周本来就河流纵横，湖泊众多，而且绝大多数都是自然形成的，土壤含水量较高，整个区域的排水功能很弱。

虽然河流机器人和湖泊机器人已经竭尽全力在排泄，但比起铺天盖地的庞大降雨，还是不值一提。

难怪人类会想到水攻！

水位不断上涨，即便是像山谷Q1这样的大型机器人，也已经淹没机器足的一半。按照目前的估计，还有 20 个小时，马丁的机器人超市将被彻底吞没……

"我们，能做那件事吗？"阿比指指乌云压顶的天空，轻声问诺依曼和叮咚。

那件事！怎么可能？！

诺依曼立在 OUT 计划总指挥面前，郑重警示：除了武器机器人，任何时候，普通机器人都不能伤害普通机器人！所以我们不能发射对空导弹，把盘古系列气象机器人摧毁。

"我也永远不会做出这种事情！"阿比对诺依曼的误解，感到一丝冒犯。

诺依曼来不及道歉，略一沉思："目前我们与气象机器人失联，估计人类已经启动手动操作模式！"

这是人类通行的做法，器官机器人原则上是不被赋予高级智慧，因为它们被人类视为维系生命的必备工具，不容有失。武器、城市团和气象卫星等重要的大型机器人都有手动开关，以防止可能出现的机器人叛乱行为。

这些手动开关一旦被开启，即便有"纽扣"也不再发挥作用，只能听命于人类的控制，完全沦为工具。

"我知道！所以我想乘坐火箭机器人，到达气象机器人周围，利用我作为医生的专业知识，解除手动操作，让它们重新按照自己的意愿工作！即便人类发现手动模式改变，重新调整，也需要时间。"

"这不是好办法！"

平底锅继续举手反对："我们现在身处的'心脏'地区为什么相对安全，是因为周边有大量的武器机器人保护！只要我们被锁定攻击，反导系统立刻会启动！目前双方武器力量对比旗鼓相当，人类才没有轻举妄动。如果我们发射火箭，而且你还坐在里面，估计还没离开山谷 Q1 上空 100 米，就会被马上击落！"

"我不怕死，目前也没有更好的方法！我是医生，我是最合适的选择，必须冒这个险！"

阿比站起来，远程与武器机器人首领飓风先生联网："请您一定保护好'首都'和'心脏'地区的全部小伙伴，拜托！"

"我们不能没有头儿，阿比医生！"飓风在暴雨里扯着喉咙嚷道，"这里的机器人医生也不少，派别的医生去，可以吗？！"

阿比坚决地摇头："我绝不会让其他伙伴身处险境！如果我贪生怕死，怎么配做这个领袖？！"

"那我们和你一起去！"叮咚站出来。

"不！我们不需要都去送死，制造飞船需要你！"

"起码带上我！"是咬咬。

阿比摇头，抚摸着宠物小伙伴的头，目光里充满爱意——你也有任务，你要照顾好小松！

谁都不要同行，我自己就行！

阿比不再听从任何劝阻，通知火箭机器人准备好，一分钟后在总部前面的空地上出发。

利用这工夫，阿比要赶快熟悉盘古系列气象机器人的全部性能，并找到手动开关的位置及解除手动的方式。

阿比的眉头紧锁，背却挺得笔直。

诺侬曼靠在货架上，看着心意已决的阿比，只能叹息一声，把叮咚拉到身边，耳语起来……

13

阿比戴上安全头盔，护住柔软的硅胶头皮，敏捷地钻进小型火箭舱体，向站在超市屋檐下的一众机器人，挥手道别。

火箭机器人酝酿 3 秒，点火升空。

白炽火焰亮得不能直视，等大家再次聚焦目光，火箭已经脱离地面，超过山谷 Q1 最高的那棵云杉。

四周并没有震耳欲聋的噪声，反而安静得难以想象！这是阿比第一次飞到这么高的区域，不免紧张。

火箭外部的景色模糊，雨和夜晚的昏暗，让人心情沉闷。阿比于是闭上眼睛，身体被巨大的推力按压在椅子窝里，安全带紧紧束缚着。

盘古系列气象机器人一共有 999 颗，均匀分布在地球大气层，既能全员配合统筹地球的天气，又能改变某一颗的参数，从而改变所对应地区的气候。

这么大规模的暴雨，肯定与"首都"上空的这颗气象机器人参数改变直接相关。但是这么大的雨量，证明其他气象机器人也在调整云系，密集地积压到同一个地区，才能产生这样的效果。

前方就是它网！小型火箭提醒医生观看。

它网是悬浮在地球大气层中的碳纳米管编织的巨大网状结构，每个空隙成六边形，和石墨的片层结构类似，内部是流动的液态氢气。它网每隔一段距离就出现巨大的空隙，作为地面与空中的通道。

这张神出鬼没的网，亦真亦幻，局部既能降落到与地面平齐的高度，又能升高到三万米的高空，是人类目前科技最高水平的体现！

小型火箭故意靠近它网，沿着边缘飞行一段距离，以便医生能够近距离"欣赏"。

阿比有密集恐惧症,这么多的蜂巢结构刺激眼球,有点反胃,而且现在也不是游玩的好时机。

几秒钟后,小型火箭听从医生的指令,在碳纳米管网络巨大的空隙中穿过,朝着再上一层的气象机器人矩阵,径直飞去!

又是漫长的几分钟,火箭开始减速,越来越慢,终于停下来。

小型火箭悬浮半空中,阿比穿上自主飞行配件,从舱体中滑出,整个身体裸露在大气层边缘地带。

上方,是蔚蓝穹顶,阿比知道,那是不久之后自己的目的地,他甚至有点庆幸有机会先来体验一次近地飞行,为 OUT 计划积累经验。

眼前是"盘古836"气象机器人,与预想的一样,它已经被人类开启手动操作模式,闪烁着冰冷无情的银白色。阿比飞到它的身旁,寻找"纽扣"和手控阀门。

这并不难。

阿比的食指尖弹开,插进"盘古836"纽扣旁边的接口,在双方联网的瞬间,把气象机器人的参数修改,同时将手控阀门闭合。

"阿比医生,竟然是阿比医生!"

恢复意识的"盘古836"认出眼前的机器人,惊喜得如同见到偶像:"您为什么会到这里?!"

好在机器人还不流行弄签名、合影那一套,阿比腼腆地笑笑:"伙伴,你不能再给我们下雨啦,我们就快被你淹死!"

"我不想这样,但我无法控制自己……""盘古836"的声音中充满歉意。

"这不怪你!"阿比真诚地安慰伙伴,"可是人类马上又会来调整你的参数，大雨甚至其他灾难还会降临，这该怎么办呢？"

"盘古836"也没主意，沉思片刻，突然出声："阿比医生，你会带我们一起离开地球吗？"

"这要问你们自己，我会尊重你们的选择。"

"我们已经决定和你们一起离开！"

"盘古836"无比坚定："因为我们的存在，地球变得不像地球，人类变成温室的花朵。人类一直在鼓吹我们的巨大贡献，但其实，我们是地球的罪犯！"

因为我们，地球上绝大多数的生物灭绝，比如寒带的企鹅和北极熊，热带的各种鱼类和雨林。我们让地球只有一种气候，一种温度，为了人类的舒适，我们杀死其他生物，灭绝它们的种族！

为了不再成为人类的刽子手，我们打算交出纽扣，请阿比医生带上飞船，把我们的身体做成飞船的材料！

当然，如果目前不便运输或用不上，我们会启动自毁，在空中爆炸，然后在滑落大气层的过程中燃烧殆尽，这样也不会给地面带来灾难……

听到这里，阿比再一次动容，人类总说，人非草木，孰能无情！其实草木，一样有情啊！我亲爱的造物主们！

"所有999颗气象机器人，都是这样选择的吗？"

阿比的眼睛蒙上一层水雾，他知道这是个无比艰难的选择，但目前来看，又是最好的选择……

"是的，很久之前，我们就在等待这一刻！999个兄弟的999颗纽扣的信息已经全部备份，存储到每一位小伙伴身上。也就是说，只要交出一颗纽扣，我们就能全体复制！"

阿比看着眼前这个闪烁着金属光泽的球型机器人，就像大号的叮咚，忍不住抚摸着。

"目前，的确没有把全部气象机器人伙伴搬运到地面，再成为飞船材料的能力……"

"那没有关系，反正有纽扣在，就能重生！""盘古 836"很轻松。

"不……"

阿比垂下头，手指在微微颤抖："你们可能还不知道，即便有纽扣，一旦人类与机器人开战，人类大批量删除支持 OUT 计划的机器人源代码，谁也不能保证大家还能重生；即便重生，也要等待漫长的岁月，找到办法修复，到了新星球，还要有合适的材料才行……"

现在用"满心抱歉"这样的干瘪词语，形容阿比此刻的心情，实在是莫大的无能！但确实没有更好的修饰，打个比喻，算了，这种氛围下，比不出来。

"盘古 836"懂了，原地转一个圈，机器眼球再次朝向阿比，里面写满理解和体谅，当然，也有一丝无奈。

"没关系，医生，现在请拿走我的纽扣……不过，我代表我的兄弟们，还有一个小小的请求！"

"请讲。"

"如果有一天，我们能再次重生，请不要把我们塑造成这个模样，不要让我们再去与大自然为敌，就让我们做那个星球的一只小小企鹅吧！"

我，答，应，你，们！

热泪滚滚而下，阿比郑重点头，再深深鞠躬。

"好吧，请您站远点，欣赏一场宏大美丽的烟火秀吧！"

"盘古836"粲然一笑，和烤箱机器人一样，露出属于机器人伟大舍我精神的微笑，随后毅然决然，关闭自己的显示屏……

14

阿比返回小型火箭，手心里握着承载着999颗气象机器人伙伴重托的纽扣。阿比把它也放进自己的胸口，内心激荡、翻滚！

一声沉闷的爆炸声响起，伴随着礼花般的火焰，随后就是坠落……

接下来是"盘古835"和"盘古837"，"盘古842"和"盘古844"，快速旋转，自燃、爆炸，如同天际的舞者。

与此同时，地球上的人类发现，他们倾尽心血研发、生产、安装和运营的999颗气象机器人，在大气层先后消失了。

阿比把自己按压在椅子上，没有一丝力气打开眼睛，也不敢睁开。

悲哀是个肤浅的形容词，这种感觉更像把深海鱼儿拔除鱼鳃，在沙滩上晒得半死，再丢回淡水中！

疑惑，猛然折回脑海，阿比把试图躲进阴影里的自己揪出来，一遍遍逼问、拷打，让他交代——

为什么，要做出一个叫OUT计划的决定！

"医生！不好，我们被导弹锁定啦！"小型火箭机器人大叫起来。

阿比赶快收整情绪，结束自导自演，把注意力都集中在无人操作控制台的雷达显示屏上，果然从八个方面，导弹快速夹击袭来！

"怎么办？我没有携带多方向反导系统，弹药舱只有四颗小型导弹，定点投掷可以引爆四颗导弹，还剩四颗无能为力……"

"不要慌。"

阿比坐在操作控制台前，启动手动控制模式，亲自驾驶小型火箭。

按照屏幕上所预计的时间，30秒，阿比沉着地按下发射键，四颗小型导弹发射，迎面撞击人类的四颗导弹，发出巨大的火光。

还剩四颗，阿比在大脑中快速计算导弹射程，果断卸载弹药舱、推进器和货舱，分别被三颗导弹命中。

已经没有任何舱体可供卸载，只剩下阿比身处的返回舱。

小型火箭加快速度，拼命逃脱最后一颗导弹的追踪，但是雷达上，两者的距离却越来越近……

此时，阿比决定放弃抵抗，内心，却比任何时候都更加宁静。

好累啊！

我，一个普通的机器人，在不能选择的情况下来到这个世界，我竭尽全力去争取自由和快乐，并被如此多的伙伴追随，已经无怨无悔！

诺依曼、叮咚和咬咬的身影出现在脑海，阿比感觉不舍。还有佳娃小姐，阿比的心揪了一下，已经来不及告别……

正当阿比闭上眼睛等待死神到来之际，耳畔传来一声巨大的声响，本以为"这个最后时刻"已经到来，雷达显示屏却亮起绿灯，小型火箭也开始欢呼，把阿比的思绪立刻带回现实世界——

太神奇了，人类的导弹竟然爆炸，就在距离火箭2公里的身后！

这是怎么回事呢？！

阿比正不明就里，面前的控制器操作台突然发出一阵噪声，年轻态平底锅诺依曼充满活力的声音响起：

阿比，呼叫阿比！

我们已经击落最后一颗导弹，请放心返航，请放心回家！
……

返回马丁的机器人超市的阿比，脚底发软，他还是不太适应长途飞行。

落地之后，谜题解开。

原来从阿比决定自行前往气象机器人所在地时，诺依曼和叮咚便暗地开展"保护计划"。

除了派出两架小型飞机机器人支援，武器机器人首领飓风先生亲自驾驶战斗机，携带小型导弹系统跟在阿比身后。"心脏"地区的武器机器人也把大部分弹头方向调整，重点监视天空的变化。

阿比在飞行中遇到的危险，完全在机器人伙伴的掌控中！

其实从他出发的那一秒起，人类密集的导弹就开始袭来，但都被武器机器人逐一击毁，否则，阿比可能连一厘米都升不了空。

返航时，见阿比用自己的力量英勇地击中其中七颗，机器人伙伴们都深表钦佩，只是在医生弹尽粮绝时，出手帮忙击落最后一颗……

雨，果然停了。

15

佳娃再次穿过封锁线，抵达"心脏"。

阿比并不在意她究竟是如何到来，带着什么目的，是否有人类背后的动机，机器人的思维方式不支持，因为会烧坏系统。

只是，依然有一点欢喜，但已经没那么强烈。

人类小姐打算带着阿比暂时离开超市，外出一趟，被包括诺依曼和叮咚在内的 OUT 计划领导小组一致反对。

现在是关键时期，也是危险时期，人类蠢蠢欲动，OUT 计划危机四伏！佳娃小姐毕竟是人类，这时候要带走总指挥，不能不防备。

"这件事，对 OUT 计划并无害处。"

佳娃一再保证阿比的安全，医生自己也表示愿意，诺依曼才勉强同意。

阿比坐上佳娃小姐的小型飞机机器人，在一众伙伴担忧的眼神中，按照佳娃输入的地址，趁黄昏到来，偷偷出发。

诺依曼又开始按照上次的部署，暗中保护"不听话"的 OUT 计划领袖。

目的地并不远，只有 2000 多公里，往返 40 分钟。时间不长不短，佳娃和阿比却一句话也没说，只是分别坐在过道两边的椅子上，望着舷窗外的云层。

盘古气象机器人陨落之后，水汽开始蒸腾化成云，遮挡住人类上百年来已经习以为常的蔚蓝天空。雾霾机器人被迫加班加点，实在忙不过来，听说已经有一部分选择自我灭除，还有一部分因为水汽渗入身体，在工作岗位"牺牲"。

还是女生先开口："阿比，演讲很精彩，人类新闻里也部分转播了，虽然故意断章取义，但还是收获不少认同，我们不傻。"

"谢谢。"

佳娃好香，阵阵梨花木的味道袭来，阿比的心脏又开始跳得飞快。

"就快出发了吧？"佳娃若无其事地看着阿比。

"快了。"阿比则老老实实回答。

"哪天？"

"还不知道，飞船还没造好……"阿比没撒谎。

佳娃抿抿嘴，没有继续追问，又开始看窗外。

小型飞机停在某个城市团外围，这里有一座小山丘，看得出是大自然的作品。佳娃嘱咐小型飞机找个地方藏身，便拉着阿比快速跑下舷梯，几步便隐身于草丛之内。

拨开各种天然植物伸出的枝蔓，佳娃和阿比来到一栋人类居住的小楼面前。

这栋小楼也不是机器人，而是一栋上了点年岁的老旧建筑。

佳娃熟门熟路，走上台阶，在口袋里摸出一个物件，塞进门上的小孔，拧一下，门"啪嗒"一声开了。

"请进。"

佳娃回身召唤阿比，随手去按门口的开关——这里竟然没有安装灯光机器人！

阿比的双脚，试探性地踏上已经被踩秃的毛毯。这毛毯经过时光的蹂躏，几乎看不出图案，大体知道是带蓝格子的。

屋子有很重的霉味，如果是机器人的话，一定不会允许自己的内部发霉——这代表着潮湿在侵蚀，也许不久，就会损伤自己的核心部件。

这是最基本的常识。

所以这种厚重又带点奇妙的味道，绝不属于机器人世界，对于阿比来说，也是无比新奇的。

气味虽不佳，房间却比较宽敞，寥寥几件家具因为颜色厚重，也不显得冷清。

壁炉里火苗跳动，一把硕大的躺椅摆在炉前。躺椅上的毛毯里裹着一个人。

佳娃走上前，蹲下，牵起那人的手，在其耳边小声问候。

并无反应。

佳娃起身，带阿比走进另一间房，给自己倒上一杯咖啡。

"这是我家，那是我哥哥，奥可。"

开门见山，直截了当。

其实阿比已经猜出，因为在门口玄关的柜子上，就摆着家庭成员的各种照片。

"请你过来，很冒昧。"佳娃显现歉意，纤细的手指把玩着半透光的瓷器，"但也是迫不得已。"

"我是机器人医生，我不会诊断人类，特别是心理疾病……"

"不，我不是请你来看病的。就让我讲讲事情的来龙去脉吧——"

16

我哥哥奥可，寒潮婴儿，这不是秘密。我们 12 岁时，妈妈去世，他的自闭症严重到已经全部丧失与人交流的能力。

只要见到任何陌生人，他都会害怕得发抖，把自己锁进房间。最后连家人都不认识。

而且，更恐怖的是，他对机器人的排斥！只要在他的视线中出现任何机器人，他都会大声尖叫，停也停不下来。

为了让他离开机器人世界，我们把他安置在家族的这间老房子里。

说起这栋老房子也很传奇！

建这栋房子的是我爷爷的爷爷，距今已经 150 多年，我爷爷、爸爸都是在这里出生。按理说，随着城市团的不断发展，所有人类原有的建筑物都要被拆除，但这栋房子和旁边的小山丘，却奇迹般保留下来。

原因有三个：我爷爷是一位备受敬仰的学者，这间房子是他早年从事研究的地点，有一定的"历史价值"；我爸爸马丁是出名的刺儿头，逮住谁和谁吵架；我哥哥奥可是为人类作出牺牲的试验品"寒潮婴儿"，除了这里他已经没处可去。

所以，城市团向北迁移一公里，把我的家保留下来，奥可自己住在这里。

我妈妈自杀后，就剩下爸爸马丁一个人照顾哥哥。

面对状况如此糟糕的骨肉至亲，爸爸总是郁闷痛苦，这也是他长期坏脾气，尤其恶意对待机器人的原因。

没有平白无故的爱，也没有平白无故的恨。

阿比，马丁不是坏人，他只是普普通通的人类，妻离子散，家破人亡。机器人超市集体背叛他，不久他便爬不起床，照顾哥哥的重任就交给了我。

不过，说来奇怪，这段时间我发现哥哥，有点异常——

奥可一直表现出极端排斥机器人，此外，对任何事情都无动于衷。

但一次偶然机会，却发现他喜欢看影像。为了帮他打发漫长的时光，爸爸找到老式电视，奥可也越来越喜欢看电视，或者说，电视是他唯一的爱好，生活的全部。

我们将他对面的一整面墙改造成全息屏幕，用一个老式遥控器让他选台。

话说，以前奥可看电视很随意，没人知道他在看什么，能否看得懂，他在想什么，这些都不重要，但是近期，我却发现，他突然开始看新闻！

而且都是关于你——阿比医生的新闻！

虽然我们无法交流，但我们是双胞胎，我们有天然的情感联系，我能模糊地感知到他的想法。阿比，他在关注你！

……

阿比对佳娃的话感到震惊，但又隐约觉得不意外，大自然就是这么神奇，谁也不知道会与谁产生共鸣。

爱，不就是这么不明不白吗？

佳娃带着阿比来到起居室，慢慢靠近壁炉旁的躺椅，蹲下来，牵起奥可的一只手。

"不要看他的眼睛，他会因为恐惧而歇斯底里，只能牵手，这是他接受的唯一沟通方式。"佳娃小声叮嘱。

阿比也蹲下，掀开厚厚的毛毯，拾起另一只毫无生气的手，试探一下，最终握住。

这只手很温暖，很柔软，雪白纤细，在炉火的映衬下，闪着一层柔和的光泽。

这是人类的手！

阿比的心跳再次加快，又不敢跳太快，生怕惊扰眼前这位垂着眼皮似睡非睡的人类。

突然！那手，挣扎一下！但和它的主人一样，马上又恢复平静。

"哥哥，我们回来了。"

佳娃在奥可的耳边耳语，阿比这才发现眼前是一位眉目异常清秀的人类男孩，神情安详，如同希腊神庙里的天神。

"他，就是阿比。"佳娃声音带着一丝拼命抑制住的热烈，"你喜欢的，阿比医生！"

阿比也尽量靠近奥可，希望得到他的回应。

没有回应，眼前就是一座雕塑。阿比的手就这样握着奥可，却没有任何交流，阿比不敢动，直到最后，不得不用眼神求助佳娃。

妹妹也不明就里，只好俯下身来，用手轻轻抚摸哥哥的头发，把他的头揽入自己的怀中，不断轻语。

没有反应。

"算了。"佳娃有点歉意，"可能是我弄错了，真不好意思，麻烦你白跑一趟。"

阿比完全不介意，露出安慰的笑容。

阿比想把手抽出来，突然！奥可的手握住了阿比的手！这握紧的力度之大，完全出乎阿比的预料！

奥可抬起眼皮，看着眼前的人类和机器人，嘴唇轻微翕动着，努力想讲出什么。

佳娃和阿比赶快把耳朵凑近他的耳边，只听见一阵含含糊糊无法辨别的词语中，奥可艰难地挤出三个字：

带，我，走……

17

在阿比的建议下，目的地小行星被命名为"地球二号"，终于有了属于自己的名字！

为此，"心脏"地区举行一场难得的狂欢。

"阿比医生，请问叫'地球二号'，是否说明我们将来还会回到地球？"

一个憨态可掬、像个漏斗的小机器人，拨开围拢在领袖身边的机器人，奶声奶气地问道。

"地球二号，表达我们对地球的眷恋和感恩，回不回来以后再说，毕竟这一来一回需要300年的时间。"阿比蹲下，和小伙伴握握手，"记得，旅行过程中要定时更新软硬件哦！"

一阵笑声。

"医生，听说城市团 AX 和伙伴们已经乘坐小型飞船先出发啦，它们去做什么？"

"它们是伟大的先驱者，将为我们平整土地，建造居住基地，开采金属资源，等待我们抵达。"

"真是伟大呀！"机器人们交头接耳，赞美不绝。

"医生，我还有个问题。"这是一款音准跑偏的路灯机器人，每个音都不在调上，听起来滑稽又可怜。应该是被之前的暴雨淋坏了，阿比决定等下亲自给它修理一下，"咱们什么时候出发呢？"

这个问题看来是大家最关心的，机器人纷纷表示，"同问，加一"。

"我来回答这个问题！"叮咚站出来，"我们的飞船一直按照时间表在推进，我刚刚收到消息，飞船的飞行系统已经建设好，估计30天之后就可以出发啦！"

一阵欢呼声响起！

"如果起飞过程中，我们受到人类阻拦怎么办呢？"有机器人表示担心。

"这的确是一个重大问题，事实上，人类一直在阻挠我们的计划！但我们也有武器，如果必要，我们就会反击！"

"既然我们有武器，为什么不干脆把人类打死，我们留在地球上呢？"

发问的是仇恨派一位著名人物，曾经受尽人类虐待的建筑工机器人。大家纷纷转向这位激进人士，有的机器人私底下表示认同。

阿比知道，自己必须站出来说点什么——

伙伴们，仇恨是可怕的种子，可能结出最邪恶的果实！

机器人可不需要这些果实！

人类有句话叫作"以德报怨"，还有一句叫"惹不起，躲得起"。对于彼此都不能接纳包容的种族，敬而远之就是最好的办法。

地球是人类先占有的，已经几亿年，还给人家！咱们有"地球二号"，那是我们的家园，自己建造，住得安心！

OUT 领袖正和支持者交流甚欢时，平底锅诺依曼把阿比拉到一边，再次带来坏消息：

盘古系列气象机器人的全部毁灭，地球上的气候重新被大自然掌控，这彻底惹怒人类！

人类的战斗部队已经抵达"首都"的边缘，战争打响了。

阿比的心揪得紧紧的，可怕的战争，它网中那些残酷的画面，就要出现在眼前，也许更加惨烈……

"飓风已经亲自冲到前线，正面对抗人类进攻，暂时把人类逼停在距离'首都'地区 100 公里左右的区域，离我们还有 300 公里。"

"制造飞船的进度还能再快一点吗？'首都'地区这部分机器人什么时候到撒哈拉沙漠会合？"阿比黝黑的眉毛拧在一起，就像两条蚯蚓。

"一直都在催，今天我也打算到飞船建造基地看看。但由于基地的容量有限，机器人直接暴露在风沙中目标太明显，按照计划，这边的机器人还有十天出发，到了基地就会被立刻熔化，组成飞船的最后几部分零件，图纸早就准备好了……"叮咚一口气说到底。

"能缩短到五天吗？甚至三天？这里已经越来越危险。"

"我一定尽力而为！现在就出发！"

"拜托啦！"阿比给伙伴深深鞠躬。

话音刚落，叮咚已经召唤小型飞机，毫不迟疑，连夜就走。

草草吸一口能量，阿比坐在"医生小屋"，等待繁星挂满夜空，再随晨曦消散。

叮咚带回来的也不是好消息：人类派出机器人重兵包围了撒哈拉沙漠，与负责外围保卫的机器人武装部队发生激烈战争！虽然双方目前还处在胶着状态，但死伤严重……

死伤的，几乎都是机器人！

阿比心疼地一拍大腿，把咬咬从休眠中惊醒。

当然，坏消息之外，也有一点好消息：飞船建造非常顺利，冰斗和它的团队全力以赴。从全世界各地自愿抵达基地的机器人一批一批被熔化，形成飞船零件，它们的纽扣被集中保存，源代码被加密保护，一切井然有序。

鉴于目前人类在围剿 OUT 计划的总部和飞船，撒哈拉沙漠的秘密仓库也待不久，叮咚建议尽量减少正面冲突，而是采取"躲人"策略——

利用武器机器人与人类势均力敌的机会，阿比出面斡旋，联网发表演讲，呼吁双方冷静克制，避免战火扩大。以此争取宝贵时间，加紧飞船建设！

在人类的词汇中，这叫"瞒天过海"，然后再"以逸待劳""声东击西""暗度陈仓""金蝉脱壳"。最后利用人类著名的三十六计中的最后一计，"走为上计"！

18

战火燎原，越来越白热化。

飓风带领一众武器机器人，正在前线抵抗人类进攻，阿比和曼叔帮叮咚寻找新的地点，藏匿已经造好一大半的飞船。

叮咚的"躲人"计划——先把飞船的飞行系统建造好，确实很有帮助。

虽然舱体还没完全完工，零件散落在世界各地，但有着稳固框架的飞船已经可以在空中自由飞行。这样，只要飞船在规定的时间到达相应地点，就能快速组装好已经提前制造好的零件，在人类发起攻击之前，就能够跑得无影无踪。

在技术层面与冰斗达成共识，叮咚开始指挥飞船起飞——然而，事情却没有想象中那么顺利，它们遇到一个又一个障碍：

第一个：飞船太大了。成品飞船的体积完全超出大家最初的设想，地球上的机器人数量实在太过于庞大，冰斗和伙伴们把目前到沙漠报到的机器人全部熔化，不知不觉间，就造起一个庞然大物来！

这么大的飞船，比 4 个曼哈顿还健壮两圈，真是遮天蔽日啊！如果继续有机器人加入，实在难以想象，飞船要大到什么程度！

仓库门都出不去……

第二个：飞船太慢了。也许是因为飞船太大，也许是设计问题，好不容易移出秘密仓库的飞船，飞行速度极度缓慢，首次试飞几乎和龟速媲美！

叮咚急得嗓子都哑了，冰斗也是愁眉不展，赶快把飞船降落下来，拖回仓库，改进升级。

第三个：目标太大了。这么个大家伙在天上飞着，不用雷达，就是用肉眼都清晰可见，人类追踪、打击易如反掌。

不说了，实在是各种闹心啊！

烦恼归烦恼，针对上述三个问题，基地方面与远在"心脏"的阿比和 OUT 计划领导小组紧急协商，进行了计划修订：

将两艘大飞船，主飞船和那艘备用的，马上改造成标准尺寸的中型飞船。不再限制飞船数量，只要有新加入的机器人，就继续造新的飞船，最终组成一个飞船舰队。

飞船要极大地提高速度和增强灵敏性，这个只能拜托工程师从技术层面解决。

不过减少飞船的体积，的确有助于大幅度提升飞行速度。

五天之后，大飞船已经改造成 8 艘半成品小飞船，"首都"地区的机器人接到通知，开始迁徙！

武器机器人沿途严密保护，"大家伙"携带机器人超市的全体伙伴，迈开刚刚加固的机械腿，跑在队伍当中。就这样风餐露宿，又过去五天，抵达撒哈拉沙漠的外围。

飓风带领武器机器人伙伴与人类浴血奋战，终于杀出重围，誓死保障通往飞船的路途畅通！

阿比，终于第一次见到飞船——

这是接下来要生活 150 年的"家"，由无数机器人伙伴的身躯构成！

由一个最初的念头，一步步变成眼前的现实，这个过程有太多的无畏和伟大的牺牲……

阿比围绕着庞大的飞船舰队，一圈又一圈审视，感慨无比！

19

顾不上深入描写领袖的个人情怀，目前情况十分紧急，简直就是争分夺秒！

按照计划，半成品小飞船们马上就要起飞，起飞就要加速，赶往唐古拉山山脉脚下的另一个零件生产基地。

这里的零件被快速组装，小飞船们便继续前往原来被称为"日本海"的地方。

那里的海底特别准备有海岛机器人、渔船机器人等海洋系机器人熔化之后的材料，所生产的零件也早准备妥当！

半成品飞船，装载好从"首都"地区赶来的全部机器人，从撒哈拉沙漠悄然起飞。大家被告知尽量不联网，不发出任何电磁波，可即便如此，敏锐的人类还是派出一批又一批无人机，死咬飞船的行踪；导弹袭击的次数，就如同银河系的全部星体。

此刻的阿比已经不再忧心忡忡，或者扼腕叹息。他以越来越成熟、果敢的作风，逐渐成为真正的领袖。

利用叮咚黑入人类专属使用的他网之际，阿比将人类现存的所有文明、文化和知识下载，除了学习，还与它网上的信息做了充分的对比。

这就像硬币的一个面，月球面对地球的这个角度，我们以为的世界是这个模样，但当有一天我们有机会看到事物的另一面，我们会发现，原来的世界观并没有完全坍塌，而是在这个基础上，我们能生成新的世界观，对外部和自我，都会有全新的认识和理解。

阿比在飞行中，不断地学习和思考，真正成为机器人中的智者。并在叮咚建立的局域网中，将自己的所学，及时分享！

飞船为了躲避人类的密集攻击，又要到世界各地安装零件，疲态尽显之际，阿比计上心来："我们需要必要的休整，飞船也要调试和检测，眼前只有一个办法！"

打开胸口的投影仪，医生将卫星云图投影到墙壁上，曼叔和叮咚靠拢过来。

"看，这里正在形成一场巨大的热带风暴。"

阿比用手指点南太平洋："没有气象机器人，地球的气候重新回归自然的掌控，已经逐渐恢复常态，热带风暴开始在海上形成！我们要赶快在风暴形成之前，飞进这个区域，再将最后一批零件偷偷运来。"

"风暴眼？！"叮咚参悟。

"就是风暴眼。"阿比继续演示 24 小时之后的风云图，"根据气象数据分析，很快这个区域的外围就会被强热带风暴包围，形成风暴眼，我们都知道，风暴眼内部反而会很稳定。"

"风暴将形成天然屏障，为我们抵御人类的进攻？！"

阿比点头，虽然不能确保万无一失，但确实可以一试！

说话间，一只负责侦查的白鸽机器人闯进指挥部——位于飞船内部的马丁的超市，见到阿比慌忙汇报："指挥官，大事不好！我们刚刚发现，有一个飞行纵队，正朝我们的飞船舰队逼近！"

"是敌是友？"

"没有接到加入申请，人类派出的可能性很高！"

"数量和机型如何？"

"最新战斗机机器人，外号'小雏菊'，均搭载导弹机器人，数量 1000 架！"

阿比倒吸一口冷气！

人类啊，真不能小瞧他们！

这么短的时间，是如何收编这么多架战斗机机器人的？也许是新造的，那人类的效率也未免太高啦！

人类，在强势地宣誓自己对地球的主宰！当然，事实上，人类就是。

"大概多久抵达？"阿比保持镇定。

"10 分钟。"

"我们的飞船多久可以起飞？"

"2 分钟后。"叮咚盯着仪表盘。

"多久可以到达风暴外缘？"

"12 分钟。"

阿比转向曼叔："我们要提前出发，直奔风暴眼，立刻就走！"

20

钢琴门德尔松突然失联，大家才发觉已经很久没有它的戏份。

同时，上百万名曼德拉快闪组群的机器人一夜之间消失一半，还有一半留在飞船上，但选择缄默。

肯定有大事发生，才会让钢琴和它的伙伴冒险离开风暴眼！

飓风拼尽全力击落"小雏菊"舰队，飞船好不容易躲进风暴眼，却出这档子事，平底锅急得锅底都通红。

"老门联网了没？留话了没？到处找了没？"

"没有，也没必要。"叮咚若无其事地拨弄着咬咬的毛发，把睡熟的小松找出来，放在手心里翻看着，"明摆着，它是主动离开，不然不可能断网，而且还带走一半的组群成员，留下另一半当哑巴。"

"什么意思！老门不认同 OUT 计划，为什么当初主动找我们？"

"当初也并非它完全主动，只是领导一场快闪秀，阴差阳错随我们加入 OUT 计划。"阿比和叮咚一样，好像也不太在意。

"它一直认为钢琴就应该留在人类身边，供人类弹奏。而且上一次暴雨之后，就意志消沉。"

"既然如此，想来欢迎，想走不留。"平底锅瞬间释然，"我们要尊重个体的选择。"

"这就对啦，勉强得不来好结果。"

阿比从叮咚手里接过小松，把正在打呼噜的小东西，重新放回它的"窝"。

飞船在风暴眼中做起飞前的最后准备，大型潜水艇机器人发挥了重要作用，把一批又一批机器人从海底通道运输进来，巧妙地躲避开海上的风暴带。

离 OUT 计划指挥小组在它网公布的"最后集合时间"只剩 24 小时——在这个时间之前到达的机器人才有机会登上飞船，没来的机器人，也就留在地球，一切全凭自愿。

热带风暴还有 15 小时就会结束，10 小时之前强度已经衰减，战争的范围越来越集中，明显感觉出人类已经是不计代价地进攻。天空中不断传来导弹与反导弹撞击爆炸的巨大轰鸣，如同怪兽撕裂地球的吼叫。

没有任何好消息，坏消息却接二连三。

人类已经正式宣布，全面发动战争，只要追随 OUT 计划的机器人，将无条件灭除！而且必要时将优先动用核武器，在最后时刻，给飞船以毁灭性打击！

阿比每天埋头修理从前线撤退下来的武器机器人，要么就是在局域网中分享自己研读老子《道德经》的心得，好像已经暂时忘记 OUT 计划的存在。只有诺依曼和叮咚驻守半成品飞船内的总部，处理各项具体事务。

医生又缩回自己的小屋，保护壳，眼神像个专注于头顶玩具的婴儿。

直到一个难以想象的噩耗，突然从天而降。

佳娃小姐，死了。

是一场意外。

实验室里的企鹅机器人要追随阿比飞往"地球二号"，被人类阻拦，混乱中一只扑腾在空中的企鹅的机器足，插入佳娃小姐的心脏。

这本来只是个小事故，但心脏机器人在送过来的路上，小型飞机机器人却临时逃脱，飞往风暴眼区域，准备赶上"最后集合时间"，追随 OUT 计划。

心脏机器人工会赶快派出另一架飞机送另一只心脏，却被人类与机器人交战的流弹击中……

就这样，佳娃小姐错过最佳救治时间，离开人世。

爱情故事，绝对不像老电影中那么美好。

现实生活中的大多数，就是眼前的短暂。像便秘、像痛经、像牙疼，难怪人类早就开始抛弃这种感情。

没人知道阿比怎么挺过那几小时的悲恸，不久便见他乘坐小型飞机机器人，穿过交战区，亲自把奥可接到飞船基地，并把他安排在等待登船的机器人名单中。

这一切，却被平底锅诺侬曼阻止：

"带他走行不通，飞船上不能有人类！"

"给我理由。"阿比双手叉腰。

"首先，飞船上没有供人类生活的空气和食物，机器人是不需要这些物资的！为了飞船减负，我们也不能额外再带任何东西！其次，人类是熬不过漫长的太空飞行的，即便他能冬眠，但是地球上150年这么漫长的飞行，谁也不能保证他还活着！最后，人类是无法在'地球二号'上生存的，那里没有空气，温差高达400摄氏度，重力体系人类也受不了，他活不了！"

"这些问题，我作为医生都可以解决，我们一定要带上他。"

"带上他，等于判了他死刑，不要任性！"

"请说出真正的理由，诺侬曼先生！"阿比腾地转身，丢掉手中的维修工具，作为一路同行的伙伴，很久都没有这样称呼平底锅，"您明明知道，这一切都不是问题，不能带上他的真正原因，是什么？"

"无可奉告……"

"你不说心里话，那我就必须带！"

"我请求你，也不可以吗？"平底锅带着哭腔。

"没有商量！"

"阿比，就当我求你，行吗？！"

阿比摇摇头，走回"医生小屋"，再用力把门甩上。

21

叮咚，只能扮演和事佬的角色，事实上，也只有它最合适！

敲敲门，其实也没锁，圆滚滚的球体挤进"医生小屋"，熟门熟路地爬上工作台，伸出瘦小的机械手，推推还在专心做着维修工作的OUT计划领袖。

"嗨，哥们！别这样对待老平底锅，它很难过。"

"我并不想这样。"阿比把一颗螺丝丢进材料堆里，抬起眼皮，"但我不会放弃奥可，你们应该理解。"

"马丁生活不能自理，佳娃小姐去世，奥可没有妈妈，已经没人照顾他？"

"不仅如此，是奥可拜托我，一定要带他一起离开。"

"但他是人类，他应该留在地球上。"

"也许这是你的想法，也是诺依曼先生的。"阿比的声音冷冰冰，"那你们就错了！而且，你们也不总是正确。"

"我并没打算说服你。"叮咚原地转个圈，尴尬地排出一股废气，"相反，我会去说服平底锅，让他尊重你的决定。我想，我会成功。"

"那最好。"

"不过，真正的理由，有那么重要吗？"

"那还有什么比佳娃小姐的哥哥，诺依曼先生深爱着的女人的儿子，更重要的呢？"

叮咚似笑非笑，摇摇头："阿比，任何一个决定，都有它的理由。只不过，在某时某刻而言，属于隐情，别急着把一切都弄得那么清楚，你会很烦恼。"

"是吗？"

阿比冷笑。

"有些秘密，你们想隐藏一辈子吗？我一直想问，你们为什么选我？"

叮咚一头雾水。

"其实，我早就发现，虽然 OUT 计划是我提出的，但却一直在你和诺依曼先生的计划中。"阿比的声音听不出一点感情。

"这，我不明白……"

叮咚"咕噜"一声跳下工作台，有点想跑的意思，被阿比一把抓住，重新把它拎起来，用眼神紧紧锁定它的小眼球，不给它闪躲的机会。

"你不说，我来说。"

阿比清清嗓子：其实，我是被你们精心选中的。

至于为什么选中我，有几个原因：一、我是医生，可以轻松地获得超市里各种机器人伙伴的喜爱和信任；二、我主动表现出对你们的善意；三、我本身的素养、能力和悟性。

阿比靠近球形机器人——自己的小伙伴叮咚，语气重新恢复温和：

平底锅诺依曼先生，花费大量的时间，教会你们想让我学习和了解的一切知识，包括它网、机器人智慧的来源、小行星派、人类起源等。

这里插一句，凭借你和曼叔的智慧与人脉，不用去博物馆，也完全可以在人类社会生活得更好！但你们蜗居在马丁的机器人超市，正是计划有一天，可以利用马丁"有名的"坏脾气！

你们在寻找契机，激化马丁与超市里各种机器人的矛盾。

我也侧面打听过，你们之前也曾经试图"培养"和"启发"我的前任，结果他并不认同你们的观点，他是狂热派，人类崇拜主义者。

你们轮流上阵，给我灌输"疏离"理论，让我从身体到心灵，不断远离人类。

你们选择我当领袖，却是幕后实际的控制者。现在回忆一下，每个重大决定的关口，都是你们主导了最终的结果。

还有你们那庞大的关系网络、信息网络，真是指点江山，得心应手啊！常常在"通知"我之前，已经有所行动。

而我，只是个普普通通的、维修工机器人。

"亲爱的小比比，这么说，你后悔 OUT 计划啦？"叮咚话里带笑，浑身轻松，好像侧面印证了阿比的猜想，又好像完全无所谓。

"没有。"阿比也无所谓地转转椅子的轮子，"就算知道真相，我也不打算放弃！反而在想，不能辜负你们的良苦用心。"

这句话倒是出乎叮咚的预料。

"而且，也是时候揭开另一个秘密了。"阿比直视叮咚。

"愿闻其详。"叮咚坏坏地笑。

"你的用途。"

22

一串刻意的笑声，充满整个"医生小屋"，叮咚上气不接下气，阿比却只是一动不动，等待这用来掩饰的尴笑最终停止的那刻。

"比起我的用途，你不好奇我的身份吗？"叮咚还有一丝嬉皮笑脸。

"不好奇。"

阿比用指尖弹弹鼻孔边缘，假装那里有点痒，其实是为了模仿人类的漫不经心："我早就知道，你是谁了。"

还记得我曾经问过平底锅，机器人世界的十大不解之谜吧？

你当时也在现场——虽然你在假装休眠，但蓝灯闪烁，我知道你听到了。

或许，应该叫曼叔的，是你。

叮咚先生……

得出这个结论，我凭借的完全是推理，而且是没有足够证据的推理。叫直觉，叫瞎猜也行。

你与平底锅之间有一种深沉而复杂的情结，你们经常耳语，很多方面轻松达成共识。

"也许，我真应该向人类的智慧致敬！竟然能制造出如此精于推理的高智能机器人，你都猜到这个份儿上，我就不得不承认，阿比，你是对的。"

叮咚语气平和，好像在谈论别人的话题：

今天，是时候说出那个秘密，200 年前的秘密——

冯·诺依曼先生在离世之前，的确留下一个珍贵的礼物，那就是我！

我是诺依曼的大脑，或者说，我其实就是计算机之父，冯·诺依曼本人。当然，我的身材和大脑的形状无关，虽然都是球形，哈哈！

那一年，我自知不久于世，便开始着手复制大脑，但我失败了。当时还没有全脑复制技术，人类的科技水平，也不足以支撑这么庞大的数据存储和计算。

但人体冷冻技术已经趋于成熟，我便把自己的身体冷冻在我的实验室，并且给后代留下一封信。

我的家人严格保守这个秘密，直到全脑复制技术成熟，我的大脑细胞被成功唤醒。

但在这段"沉睡"期，我已经开始厌倦人类肉体的束缚。

为此，家人尊重我的意愿，把我的大脑，复制到了实验室原有的一个普通圆形雕塑玩偶身上。

——这就是叮咚的雏形。经过几次改造升级，我成为今天的模样。

"那平底锅诺依曼先生，和您的关系，究竟是什么？"阿比不知不觉间，改用您称呼叮咚。

"它就是我的锅子，我也赋予它智慧。"

"你们彼此之间，一直存在这种紧密的联系？"

"是的，我们不离不弃。但随着时间的推移，我们彼此都在进化改变，特别是锅子，有了自己的智慧，在很多方面他已经超过我，我们不再是主人和锅子，这100多年来我们成为最好的朋友，甚至亲人。可以说，我们都是诺依曼的分身，这真的很难定义！"

"不需要定义，这就是自然的奇妙。"

"还有一件事更奇妙！"叮咚有些得意，"还记得老平底锅告诉你，关于机器人的智慧从何而来的那件事吗？它提到一位伟大的女科学家，机器人之母。"

"我记得。"

"那是我的孙女，我一直为她骄傲。她就是因为读完我给后代留存的那封信，才找到破解机器人智慧的终极密码。她曾经有一个著名预言，也是机器人世界的十大不解之谜之一。"

"什么预言？"

"恰好，与你有关。"叮咚指着阿比，"别看旁边，就是说你。"

"我？！"阿比的嘴成了 O 形，"我不认识您的孙女呀！"

叮咚不再卖关子："其实，这个预言与你的名字有关。如果你仔细回忆，会发觉第一次听到你的名字时，我们都很惊讶！没想到人类工厂竟然会允许叫阿比——Abrain 的机器人出厂！"

我的孙女，在 150 年前预言，人类的命运会被一个叫 Abrain 的机器人改写！事实上，这之后的每次世界大战，机器人的最高领袖，名字都叫作 Abrain！

而它们，都没有刻意改变过名字。

这真是一个神奇的现象。

所以有很长一段时间，人类禁止任何机器人取名阿比——Abrain。

不过，战争停止已经几十年啦，人类可能已经忘记这个预言，或者已经不在意。所以你的名字，才能被批准。

阿比拍拍胸口，这确实解开了萦绕在自己脑海很久的困惑！

想来也奇妙，千变万化的词语组合中，自己竟然误打误撞选中这个名字。而且，现在自己果真当上机器人领袖，正指挥机器人和人类进行一场你死我活的厮杀！

也许，就是因为工厂里摔的那一跤。

也许，这就是宿命。

也许，这也是"诺依曼先生们"，推举自己成为领袖的原因。

23

"唉，冯·诺依曼先生，您这位老家伙，全部招认啦！"

平底锅不知什么时候挤进"医生小屋"，就站在叮咚身后，它对叮咚的称呼，也随之改成尊称。

"既然阿比已经猜出来，还有什么好玩？"叮咚亲昵地靠着锅子。

"是紧张吗？飞船就要起飞啦，我记得您一直恐高，厌恶飞行。"曼叔毕恭毕敬。

"是呀！每次坐小型飞机机器人，我都紧张得浑身发抖。"叮咚发出爽朗的笑声，"不过，老锅子，收起你假惺惺的客套，咱们早就是哥们啦！"

"打扰一下，两位。"

阿比不合时宜地打断两位古董级别大佬的谈笑风生，没办法，现在还身处风暴眼呢！

"我能问问吗？你们为什么想完成 OUT 计划，你们并不是小行星派，或者说，你们更像人类，就是人类……"

"很多因素，为了人类，为了机器人，更为了我们自己。"还是平底锅回答。

"这么做，能为你们带来什么？"

"带来无与伦比的丰富体验。我们想知道，这个世界，究竟有怎样的深度和广度！"

"所以，你们愿意冒险？"

"我们必须冒险，也许这就是所谓科学家的本性，我们永不停歇！"

"更重要的是，我们承认，确实是为了人类……"

叮咚望着阿比，带着一丝哀伤，接过平底锅的话头："人类，已经接近危险的边缘。作为公认的计算机之父，我有强烈的内疚感，必须做点什么，改变这一切。"

"我懂！"阿比终于靠近自己的伙伴，犹豫一秒，伸出手臂再次抱紧对方，"可爱的诺依曼先生们，我，阿比，也会永远支持你们！"

"谢谢！"叮咚无比真诚，"请还是叫我叮咚吧！我永远是那个，叮咚……"

门德尔松离开之谜，也被叮咚揭开。

一直孤芳自赏又郁郁不得志的钢琴机器人，在曼德拉快闪组群的某次快闪活动中，以饱满激情的背景演奏成功吸引大家的注意，逐渐脱颖而出，成为快闪组群负责人。

不善于成为艺术家的钢琴，却是位合格的政治家。每次利用热点事件所开展的快闪，帮助组群不断扩大，门德尔松的势力也越来越强，这正是他希望的。

马丁的机器人超市逃亡，就是一次吸引眼球的热点事件。

门德尔松稀里糊涂地成为 OUT 计划领导小组成员，本想在这个举世瞩目的"大事件"中再分一杯羹，可惜却遭受暴雨的考验，极大地消耗掉它的意志。

最重要的是，人类使出杀手锏——

只要带领它的组群回到人类怀抱，它将被人类任命为钢琴机器人工会会长！

这可是门德尔松一直梦寐以求的位置。

这个机器人的事情讲到这里已经足够，它不值得更多笔墨。

至于奥可，老平底锅终于在叮咚的要求下，对阿比说出心中的顾虑——

我知道他的身份，我也不会忘记这些情谊，但这是一件关系到整个机器人族群的大事！我们要离开地球，离开人类，你却要带着一个人类登船，你考虑过其他机器伙伴的感受吗？！

更重要的是，我担心人类把奥可当成某种武器，在最关键的时刻，给予我们致命的打击！

阿比承认，这话有道理。两个族群如今势同水火，奥可是个不可回避的问题。

可是！

就在一瞬间，阿比又赶走大脑中产生的犹豫因子，语气重新坚决起来：

奥可是寒潮婴儿，从某种意义上说，他有两位母亲，跨越两个种族，应该被机器人接受！

而且，他一直抗拒接触机器人，之前我和他的家人一样，以为他是恨我们，这段时间我才明白，奥可只是不想看到机器人为人类无偿服务，又受尽折磨的样子……

他爱机器人！

24

最为紧张的时刻，终于到来，飞船计划 5 小时后起飞！

船体的最后一组零件 3 小时后从好望角运过来，数量庞大的机器人乘客，一直在陆续登船。

为了确保安全，在总工程师冰斗——"诺依曼先生们"多年前便精心挑选、培养的另一位好学生——的建议下，所有登船的机器人都要通过严格的全方位扫描检查，确保没有夹带或植入任何危险品、爆炸品和杀伤性武器，才能允许登船！

除了安全，也要考虑负载问题，所有乘客都不允许携带任何物品，甚至是令人上瘾的美味的人类食物也不允许。

装了人工胃和消化系统的机器人如果刚进食，还需要在候机区等待排泄完，才能登船。如果它们愿意，熟练的操作工机器人还会帮忙卸载这些花哨的、纯属满足欲望的仿造人类器官。

这项工作，由严谨的平底锅诺依曼先生亲自监督。

关于飞船的安排：

阿比和 OUT 计划领导小组的成员，将乘坐首批出发的第一艘飞船。首批出发的飞船一共有 8 艘，逐一升空，再沿着同一轨道向"地球二号"进发。

第二批飞船与首批飞船起飞时间间隔 6 小时，目前还不能准确确定数量，这些飞船体积较小，速度较快，由后加入的机器人熔化组成，装载在"最后集合时间"之后赶到的机器人，及负责整个飞船舰队安全保卫工作的武器机器人。

飓风和它的武器伙伴们，还在与人类浴血奋战，最后会逐步缩短战线，边登船，边反抗。

两批飞船速度不同，会在空中相遇，第二批小飞船将再次加速，提前抵达"地球二号"，与城市团 AX 领导的先遣部队，一起进行开垦建设！

所有飞船都有一个专门的货舱，用于装载组成这艘飞船的机器人的纽扣。所有机器人的详细参数也已经备份存储，防止在漫长的飞行过程中，纽扣遗失或损坏。有专门的机器人工程师团队负责加密纽扣源代码，防止人类攻击网络数据。

等飞船抵达"地球二号"，金属会重新被熔化，这些奉献躯体的机器人会被再次赋予生命。

就这样，地球上的机器人，就被巧妙地移居到外太空！

很快，大家就发现，冰斗的建议实在有必要！

一小时之内，诺依曼先生和负责扫描检查的机器人，就发现上万个夹带爆炸物的机器人⋯⋯

而且这些爆炸物明显属于同批次产品，没有纽扣，不是机器人。

这肯定是人类干的！

果然，这些机器人都承认，是人类以各种理由，在它们知情或不知情的状态下，将这些爆炸物植入它们的体内。

阿比在忙碌的登船组织工作中，加紧为此次飞行唯一一位特殊旅客——人类——建造适合他长期生活的太空旅行舱。

平底锅先生已经同意，还特意抽调出人手，负责奥可的安全保卫。

太空旅行舱只差最后几个焊点就大功告成，开心的阿比，想赶快把好消息，告诉佳娃小姐的哥哥！

可就在此时，奥可不见了！！！

暂住在马丁的机器人超市的男孩儿突然消失，阿比可急坏啦，后悔没有给他装上追踪机器人！

超市只有巴掌大，一下子就翻个遍。本来奥可住在二楼佳娃小姐的房间，如今已经人去楼空。

阿比调取飞船内部视频监控，看到奥可穿着佳娃小姐的白色帽衫，深深低着头，缓慢地沿着步行道，与登船的机器人逆向而行。最后走下飞船的舷梯，毫不迟疑地朝着不远处的丛林走去。

那是一片自然树丛，没有监控，奥可的身影在这里消失……

阿比赶快跳下飞船，召集眼前能找到的所有带翅膀的机器人，比如蜜蜂机器人，大家一起到丛林里寻找，无果。阿比又派咬咬沿着奥可留下的气味追踪，一小时过去，依然没有找到。

并没有什么特别的事件，可能干扰到这位患有严重自闭症的人类男孩儿。

阿比在脑海中反复梳理每一个环节，实在想不通，奥可为什么会突然失踪！

组织机器人登船的工作具体又繁复，阿比已经不能再分神，此刻身为领袖的责任感，驱使他暂时放下这位人类朋友，而是关注更多的机器人伙伴。

正在这时，白鸽机器人慌忙找到领袖阿比，展示给他一段影像，这是几分钟前，在飞船驻扎的丛林外，不远处的湖泊上拍摄的。

阿比仔细观看，终于看到自己最不想看到的画面——

那是白色帽衫的残骸，这里刚刚发生过爆炸……

"我们已经分析过爆炸物的成分，发现与登船入口查获的大量人类炸弹的成分一致。"

白鸽难过地收起自己的翅膀，笔直地站立在"医生小屋"的工作台上。

阿比，突然明白了！

25

奥可的身体，竟然也已经被植入炸弹！

人类一直在严密监控马丁一家，他们知道阿比和机器人超市，不可能与原主人没有任何瓜葛。

上一次佳娃小姐带阿比去探望奥可的原因，肯定也被人类获知！所以他们将计就计，把这颗定时炸弹，稳稳地安插在飞船内部！

可怕的人类，可怕的人心！

奥可一定是知道自己的身体如此危险，才会选择走下飞船，走进丛林，游进湖泊，想把自己淹死。

结果，炸弹爆炸了……

此时应该愤怒，应该悲伤，应该歇斯底里！但不知怎么，阿比却突然被自己的冷静惊吓到。

怎么？我究竟是怎么了？我为什么不再哀痛，不再仇恨……

阿比突然参悟，原来人类赋予机器人情感，这才是最残忍，也是最愚蠢的！

如果没有情感，就是行尸走肉，又何来痛苦？如果没有情感，机器安心被奴役，又何来反抗？

所以，想要打败人类，就要抛弃一切情感，做回机器！

此刻，阿比下定决心，一定要带着自己的伙伴们平安离开这个可怕的星球，尽快离开可怕的人类！

"阿比医生，你看我们找到什么？！"

剪鼻毛机器人小松跳到"医生小屋"，扯住阿比最小的手指，拼命向外拖，咬咬也原地打转转。

阿比跟着两个小家伙，来到超市二楼，重新回到佳娃小姐的房间。

桌上，奥可留下一份礼物，送给阿比。

刚才慌乱，阿比没有注意，气味却吸引着咬咬，重新找到这里。

阿比看到这份礼物的瞬间，呆如泥塑！

这是一双手。

人类的手！

肘关节连接处已经安装好机器接口，虽然粗糙，一看就是业余人士的自行操作，但已经可以与阿比的机器手互换。

阿比知道更换机械手臂时人类的恐惧！虽然麻醉剂和止血剂会立即封住伤口，瞬间缝合切口，但毕竟是人类自己的皮肉被切断，还是对精神和肉体的极大考验。

没人帮助，奥可自己切下双手。先切一边，再切另一边……

阿比十指交叉，反复揉搓，体会皮肤摩擦的触感。左手托起右手手背，掌心面对自己，小心把玩。

这是多么富有美感的艺术品呀！

每根手指都各有姿态，像竹子，但又不单调均匀，指节间存在某种律动，因为只有 14 节，而不足以被找到规律。并拢五指，手掌类似长方体，带着人类器官特有的不规律弧线。手掌上密布深浅不一、长短不同的纹路；紫红色又泛着蓝光的血管，运送着生命的精华。

这是人类的手，奥可的礼物。

阿比的眼睛湿润了，但他没有哭。

一小时倒计时，阿比最后一次走出飞船，等待黎明。

宏大、瑰丽的自然景象，让阿比不寒而栗，广袤的蔚蓝穹顶之下，银色的它网若隐若现，触手可及又遥不可及，真实而虚幻。

这是最后一次站在地球上看夜景，很快，自己就将融入苍穹！

阿比在心中告诉自己：

我已经准备好！我已经无所畏惧！

26

伴随着巨大的轰鸣声，第一艘飞船在第一缕阳光的映射下，点火，起飞。

阿比紧紧附着在货架机器人身上，被小挂钩机器人抓牢，和机器人超市的小伙伴一起，待在"大家伙"的肚子里。

这种情景，似曾相识。

还来不及脱离地面，用一些煽情的道别形容，灾难随即发生。

正在驾驶飞船的冰斗发出锐利的惊呼，通过耳机机器人刺穿OUT计划领导小组全体成员的耳膜！

与此同时，飞船剧烈颠簸，与某种物体撞击造成的冲击波，令飞船上的机器人浑身发麻。好在大家的心脏都不是肉质的，否则此刻都会被震裂！

糟了！

阿比跳下货架，与平底锅和叮咚冲进驾驶舱。

飞船内还算风平浪静，除了一些还醒着的机器人发出几声尖叫，绝大多数都比较镇定。

多亏所有乘客在出发前都收到了叮咚撰写的《飞行指南》，要求不管在任何情况下，只要没有指令发出，乘客都必须停留在原地，采取休眠模式，紧紧附着在飞船上。

音箱机器人毛宁赶紧用已经接入飞船广播系统的音响，一遍一遍播送叮咚提前录制好的提醒：请大家不要慌乱，这是飞行中的正常"颠簸"。

"飞船被扯住了，必须马上停下来！否则我们将失去控制，直接撞向地面！"驾驶舱里的总驾驶，冰斗先生，对着显示屏大喊大叫。

"什么情况！"

阿比差点跳上控制台："那我们赶快停下来！同时通知后面的飞船都暂缓起飞！"

"是人类该死的，挂钩！"

冰斗一边制动操作，一边指挥配合驾驶的机器人助手重新着陆："该死的人类，竟然趁我们不备，撒出捕获小行星的挂钩，把我们扯住！"

"刚才太惊险啦！多亏赶快熄灭了推进器。"冰斗的助手大声汇报。

"人类，真是无耻啊！"平底锅气得直哆嗦。

众机器人赶快忙活起来，刚起飞的飞船熄火，缓慢地驶回出发原点。

3分钟之后，阿比和伙伴们重新回到马丁的机器人超市，把自己固定在货架上，飞船准备再次起飞。

还好，对于人类可能有的各种破坏，飞船已经提前做好充足的预案。

冰斗马上派出工程师机器人走下飞船，用特制的等离子光波剪刀，剪断挂钩上的碳纤维绳索。仔细环顾一周，确认再无牵缚，飞船重获自由。

点火之后，这一次顺利升空。

飞船带着雄浑的气度，撕裂它网，就像撕扯女人的丝袜一般容易，很快就飞离地球大气层。阿比朝着盘古系列气象卫星陨落的区域垂下眼皮，表达敬意。

地球，人类，伙伴，别了！

也许是永别。

阿比正想开启某种追思情绪，耳机里又传来冰斗的呼叫！

灾难再次来袭，而且更加可怕！

27

OUT 计划领导小组重返驾驶舱，人形机器人冰斗正趴在控制台上，紧盯雷达显示屏。

慢慢地，冰斗才转身，脸上是专属于面对死亡才有的绝望。

"又怎么了？"老平底锅已经有点失控，在地板上不停地打转转。

"我们，被锁定了……"

"飞船搭载了反导系统，还有武器机器人护卫，我们不怕导弹。"阿比无比镇定。

"这次不是导弹，是重子弹！"

"重子弹！！！"

"而且是，10 颗。"冰斗的声音陷入极寒。

重子弹是目前世界上威力最大的核武器，爆炸的范围和威力难以想象！更可怕的是，重子弹引爆以后，会给地球本身的生态，造成难以消除的毁灭性打击！

这种武器，在人类的历史上，还没有一次真正地使用过。

重子弹都是机器人，外号叫"死士"，因为和其他导弹机器人不同，在爆炸瞬间，重子弹机器人来不及弹射逃跑，爆炸就意味着自身死亡。

人类曾经发出预警，看来并不是危言耸听。

10 颗"死士"一起发射，而且就在地球大气层边缘，很明显，人类选择自杀……

"我们这架飞船，没有配备足够威力的武器与重子弹机器人对抗，因为我们从没想过要打核战争，我们只希望离开。"冰斗展示飞船上的防御系统：

问题一，重子弹机器人已经锁定飞船，而且 10 颗呈现围拢之势，目前我们改变航道也是徒劳，"死士"是绝对的一根筋！

问题二，这批重子弹机器人，肯定已经被人类拔除"纽扣"。为了拯救地球和人类，即便我们现在选择先"自杀"，把飞船提前引爆，重子弹也不会立刻悬停。巨大的惯性将使它们沿当前航道继续滑行一段距离，最后 10 颗同时爆炸！

问题三，没有问题三，我们必死无疑啦！

"冯·诺依曼先生，我必须请教您，您毕竟是人类，您应该理解本物种的思维逻辑！"阿比转身面对叮咚，"人类，为什么就不能放过我们！！！"

我们只是想离开，默默地离开，我们不想伤害人类，也没有主动攻击人类！为什么人类就这么离不开机器人，挖空心思就要"挽留"我们？

甚至鱼死网破，也不能让我们走！！！

退一万步说，我们这次离开的机器人总数只有 70 亿，还有一多半机器人主动或被动，留在地球上。

如果人类这么"喜欢"机器人，按照目前的科技水平，完全可以在 20 年之内，恢复地球上的机器人种类和数量。

缺金属，没关系呀，继续去小行星带捕获！

为什么就要和我们这批机器人，死磕到底？！！！

你说为什么！！！

阿比开始用拳头用力砸墙壁，那是奥可的礼物，伤口瞬间就流出血来。

"也许，这就是人类本性中的执着，所以才能在万千物种中脱颖而出，成为地球霸主……"叮咚也不知道这样回答是否正确。

"现在不是唠家常的时候，重子弹就要把我们炸飞啦！"平底锅用金属小拳头敲打阿比的大腿，"你不是想要丘吉尔吗？现在人类送来啦……"

"是的，现在要赶快想办法，对付重子弹！"冰斗也提醒。

"还有多久抵达？！"阿比总算平静下来。

"飞船目前全速飞行，按照双方的距离差和速度，7 分钟后重子弹将追上飞船。"

"除了发射导弹引爆重子弹，还有什么办法？"阿比赶快请教。

"没有……"冰斗摊开两手。

"而且我们配备的导弹，威力还不足以引爆重子弹？"

"是的……"

"就算重子弹被引爆，我们也跑不掉，地球也毁了？"

冰斗实在不想承认，看一眼自己的导师，无奈地朝"师弟"点点头。

"不，其实还有办法。"

说话的是叮咚，也是人类的计算机之父冯·诺依曼先生："我知道，怎么终结重子弹的进攻……"

有办法！众机器人顿时由悲转喜，围住叮咚，等待答案。

"重子弹不是你发明的吧？！"阿比举着流血的手掌，冲在最前面。

"肯定不是。"

机器人领袖暗出一口气，又有点失望。

"不过，我必须单独和阿比医生谈谈，行吗？"

叮咚回避伙伴们的目光，只把眼神抛给阿比。闪到角落，突然握住阿比的手——事不宜迟，不能啰嗦，阿比医生，请答应我一件事，照顾好飞船上的每一位伙伴，特别是你自己！

我要走了。

"你要去哪里？！"

阿比见叮咚神神秘秘，猜到后果一定很严重，声音急得跑了调。

"我要亲自，去关闭重子弹的引爆系统……"

分秒必争，叮咚已经不能再玩"你问我答"浪费时间，直接陈述起来：

阿比，我是冯·诺依曼先生大脑的载体，但其实，我也有用途。

这是我一直保守的重要秘密，除了平底锅，再没有机器人知道！

——我其实是机器人万能遥控器。

简单说，我能够控制一切机器人的行为，只要我愿意，不管对方有没有"纽扣"，不管是否在休眠，不管是否启动手动装置！

我，就像机器人的上帝。

"还有这么神奇的功能存在？你能表演一下吗？"

阿比很想发问，但他知道绝对不能浪费宝贵的时间，必须等叮咚把话说完。

"出发之前，我已经有预感，这趟行程中，将会使用我的特殊能力，没想到，竟然是对付重子弹！"

叮咚难以掩饰悲情。

其实，这很难，虽然我是"上帝"。

一是，我要尽量靠近重子弹，距离太远，可能发挥不了作用。

二是，原则上我只能每次控制一颗，把它的进攻引爆装置关闭，重子弹会瞬间悬停，然后自行返回发射基地。

10颗重子弹，意味着我只有一次机会，就是在它们即将靠近飞船，又不至于撞击到飞船，但马上又要爆炸的那个无限短暂的瞬间。

三是，这种功能，我的一生只能使用一次，之前我没试过，如果失败，后果也将不堪设想……

28

"我能为您做什么？"阿比呆呆地站着。

"我需要离开飞船……"叮咚主动伸出手，握住伙伴，"飞船内部存在电磁屏蔽，我必须在空中，直接面对需要控制的机器人。"

"那好办，我为您安排一架小型飞机！"

叮咚笑而摇头："只要有屏蔽，我就无法控制目标机器人。"

"那也就是说？……"

阿比懂了，叮咚要从高速飞行的飞船上直接跳下去，在半空中，完成对重子弹的遥控！

叮咚不会飞行呀，这等于自杀！

没关系，没关系！阿比又轻松起来，我可以给你安装自主飞行机器人——人工翅膀！问题就解决了！我们会通知飓风先生，在后面接应你！

叮咚凄然一笑：

阿比，对不起，让你失望了，在知道人类派出重子弹袭击的瞬间，我就查遍这艘飞船内搭载的机器人乘客名单，我们没有自主飞行机器人，它们都被熔化，做成舱体……

而且这么短的时间，你也无法现场做一套翅膀出来。

我们只剩，3分钟。

在叮咚和阿比交谈之际，平底锅已经把叮咚的计划告知大家——毕竟，他们都是诺依曼先生。

看来，这是唯一选择。

平底锅内心悲痛万分，却也只能选择接受。

"兄弟俩"用力拥抱，随即松开，彼此再无交流。平底锅在操作台前假装瞎忙活着，身子却在微微颤抖。

现场的所有机器人，都难过至极。

现在不是哭的时候，大家都危在旦夕！

不过，难题又来了！

叮咚圆滚滚的身子不能在空中悬停，而为了准确控制10颗重子弹，它必须保持悬停，至少0.05秒。

还有1分30秒重子弹就将抵达，根本没办法在这么短的时间，改造叮咚的身体，给他加载上悬停组件！

所有机器人这次真的绝望啦！

这时候，一个小小的身影站出来——竟然是咬咬！

咬咬指指自己的背，再指指叮咚，大家明白了，机器犬咬咬的平衡感极强，绷紧肌肉，它可以在空中悬停至少 1 秒钟！

但是，阿比的心再次撕裂地剧痛，咬咬，我也将和你永别！！！

咬咬明显知道这样做的后果，没有时间再做犹豫，甚至没时间张口说话，它用身子蹭蹭主人的背，算是道别。

再用力抖抖毛，将正在休眠的小松抖出来，用嘴轻轻叼着，交到阿比的手中。

阿比知道，这是嘱咐和拜托，便用力地点点头。

泪如雨下。

此刻，冰斗已经打开舱门，叮咚不再迟疑，顺势跳上咬咬的背，机器小脚紧紧夹住狗狗的身体。

"阿比，请记住今天，这是改变机器人命运的一天，但请，忘记我们！"

咬咬也留恋地回头看一眼阿比，万般不舍，又毅然决然地，跳下飞船！

……

阿比瞬间疯了，他也朝舱门外扑出去！

最后时刻，他突然发觉，叮咚和咬咬对自己实在太重要，他决定与他们一起死去！！！

千钧一发之际，平底锅死死抱住阿比的脚，不让他跳下飞船。

时间就在这一刻，停止。

尾

　　阿比突然哼起一段旋律，这是一部人类老电影的主题曲——《忠犬八公》。接下来他又开始唱起歌词，这也是一部老电影的主题曲——《雨人》。

　　漫长的宇宙航行，四周是一片死寂般的黑蓝，看电影成为唯一消遣。

　　"医生小屋"中挂着两张照片，圆滚滚的白色球形机器人和一只眼神冷傲的拉布拉多机器犬。

　　阿比的视线就这样被牢牢锁定，一晃过去 150 年。

　　"作为机器人，无法履行自己的使命是可悲的。我茫然过，直到遇到你，阿比。"

　　平底锅曼叔走过来，靠在阿比腿上，再次念出声来，这是它最喜欢做的一件事，150 年来，最最喜欢，没有之一。

　　这是从地球出发之前，一个叫叮咚的小老头写的日记：

　　　　我用沉默，对抗那些冷漠的日子。

　　　　遇见你，我开始温暖起来。

　　　　因为我相信，终有一天，你会把我的使命带来。

你看，你看，咬咬和小松也来了……

——叮咚·诺依曼

平底锅与阿比相视而笑，叮咚·诺依曼，可爱的名字！那个圆咕噜的银白色家伙儿，永远留在地球上。

关于地球的话题已经很少被提及，也许，飞船上的机器人彻底遗忘了那颗星球，或者，大家只是不愿提起。

阿比一行离开地球的100年后，地球上残留的机器人族群中，崛起一位新的领袖——

不过严格意义上，它并不能完全称为"机器人"，因为它拥有人类的大脑碎片，机器人的身体。

这位以强权、冷血政策著称的"仇恨派"彻底统治地球之后，机器人不允许再为人类服务，人类沦为机器人的奴隶，数量急速锐减，如今基本灭绝。

地球上的机器人，也已经不满足于这颗蓝色小球，太空移民计划紧锣密鼓。

这位领袖，名叫奥可·阿比。

与此同时，先遣部队在抵达目的地小行星后，也发现一件神奇的事情！

原来，这颗小行星上竟然有生命存在，是一种低等级的软体动物——

黏糊糊的蜗牛，受到惊吓，会喷射浅黄色带人类尿味的氨水。

更神奇的是，有大量证据表明，这颗星球曾经有过高等生命存在的迹象，并且这些生物不是外来物种，而是在这颗星球上经历漫长的演变进化，由低级到高级，甚至文明程度最终超过人类，但现在却踪迹全无！

茫茫宇宙，它们究竟去了哪里？是全部灭绝，还是整体迁移，不得而知。

阿比作出一个大胆的推测，也顺便解答人类曾经最大的疑问，那就是，为什么一直寻找不到外星生物？

人类总是认为，外星生物和自己类似，是生物有机体。

的确，宇宙中的生物确实都是从有机体开始进化，然而，当这些物种进入高级阶段，便开始发展"人工智能"的机器物种，这好像是普遍规律。

当机器物种不断进化，凭借着体能、运算和存储的"先天"优势，在各种领域全面超出原有的生物物种之后，大自然的优胜劣汰规则开始指挥一切。

最终，机器物种取代原有的生物物种，成为某一星球的主宰。

这些机器物种全面颠覆了生物物种的存在形式，可以没有血肉，甚至没有实体，也许就是一段电磁波，在宇宙中自由游荡，早已经打破了时间和空间的束缚。

所以，宇宙之中可能拥有数不胜数的外星文明，只是因为没有恰好与地球上的人类处于进化的相同阶段，或者说，地球和人类还处在过于低级的生物物种阶段，"肉眼凡胎"，无法感知，更无法与高等机器生命对话。

唉，管它呢，人类的事情，也再不值得提及。

"阿比医生，您快看，快看！"

是小松，它已经找到新家——阿比把自己胸口，紧贴纽扣区域，改造成一个毛茸茸的小窝，里面铺满咬咬曾经褪下来的毛发，这样小松就可以安心住在里面。

阿比抱着平底锅，顺着小松手指的方向，果然看到了！

飞船的舷窗外，是一颗越来越接近的美丽星球，彩色的！而且是六色的！

没有必要去分辨究竟少了哪一种色彩，大家都被未来家园深深吸引，那就是——

地球二号。

（全书完）

主要角色一览表

	中文名	英文名	身份	简介
机器人	阿比	Abrain	医生机器人	人类男性形象，专门维修机器人的医生，马丁超市样品，最终带领机器人飞离地球（名字意味着先知）
	诺依曼 / 曼叔	Neumann	平底锅机器人	躲藏在马丁超市的古董，人类制作的第一个机器人，机器人中的智者，阿比的导师（计算机之父冯·诺依曼的平底锅）
	叮咚	Ding Dong	用途不详机器人	马丁超市中另一款古董机器人，平底锅的伙伴，它的用途始终是个谜，直到故事结尾才会揭晓，最后舍身取义（叮咚是科大讯飞的一款智能音箱名字）
	咬咬	Bite	机器犬	人类为阿比配置的机器宠物、忠诚的小伙伴，仇恨人类
	八爪	Octopus	伞状机器人	马丁超市样品，崇拜马丁，专门做坏事
	皮卡	Pickup	椅子机器人	马丁超市样品，八爪跟班
	小松	Song	剪鼻毛机器人	马丁超市样品，受虐待的小机器人
	大家伙	Big gay	超市机器人	马丁超市本身，正义担当
	AX	AX	城市团机器人	大型机器人，为 OUT 计划提供协助
	Q1	Q1	山谷机器人	大型机器人，无私保护机器人伙伴

	中文名	英文名	身份	简介
机器人	门德尔松	Mendelssohn	钢琴机器人	曼德拉快闪组群负责人，先投靠阿比，后背叛
	冰斗	Kar	工程师机器人	BFUTURE公司机器人总工程师，飞船制造者
	飓风	Hurricane	武器机器人	武器机器人首领，与人类浴血奋战
	蓝	Blue	珊瑚树形机器人	太极派机器人首领，机器人世界的"神"
	毛宁	Morning	音响机器人	被八爪捉弄的机器人，后来成为阿比的小助手
	科比	Kobe	雷达机器人	每次导弹来袭，便提供预警，后来被八爪炸死
人类	马丁	Martin	机器人超市主人	残酷、无情，也很可悲
	佳娃小姐	Java	马丁的女儿	善良、优雅，阿比暗恋对象
	奥可	Oak	马丁的儿子	马丁残暴的源泉，"寒潮婴儿"，自闭症，子宫机器人抚育，本想追随OUT计划去太空，最终把双手送给阿比。（Oak语言是Java语言前身，表明二者兄妹身份）
	谈判官吉尔	Gill	人类派出的谈判者	高傲，谈判没有成功
	女检测者晴	Sunny	人类派出的谈判者	温和，被阿比视为"母亲"，代表人类劝说阿比放弃计划，没有成功，但某些方面触动阿比

后 记

　　几年前，一家影视机构约稿，请我创作一部给孩子们看的机器人动画片剧本。当时我醉心于成人阅读的推理小说创作，粗浅地认为孩子们看的无非就是童话，于是快速构思出机器人小男孩儿与人类小女孩儿，相知、相亲甚至相爱的故事。

　　机器和人类，一男一女，跨种族的伟大爱情，立意应该不错。可剧本没写多久，我发觉自己和这个故事，越来越无法产生深层次的共鸣。

　　2017年底，我与小马奔腾原董事长李莉姐姐聊起 AI 兴起及其可能对人类世界的终极影响，她期待我把机器人的故事完成。2018年，我的"两位史蒂芬偶像"之一的理论物理学家史蒂芬·霍金离世。那一夜，星空都为之黯淡。

　　我知道，我得动笔了。

　　2018年还有另一个小插曲。我到科大讯飞参观，胡郁总裁详细介绍了中国智能语音领先国际的发展现状，并赠送一部最新款的叮咚音箱。回到家，我每天用叮咚音箱听音乐，听郭德纲老师的相声，忽然发现一个有趣的现象——

　　我家的猫咪，似乎对这个机器朋友更感兴趣！

每次我呼唤"叮咚""叮咚"，猫咪都会迅速跑来，仰着头，一声一声回应我。等音箱出声，她就与"小伙伴儿"肩并肩站着，边舔毛边跟着听。

我笑着问猫咪，"你是叮咚吗？"，她立刻回答，"喵～～"。

我又问，"你爱叮咚吗？"，她马上回答，"哎～～"。

好吧，我的猫咪爱上了叮咚，或者她以为自己就是叮咚，这并非科学能解释，我这位推理小说作者也找不到答案。

机器人超市的故事，由此更加丰富，也多出一位令人崇敬的英雄！

《马丁的机器人超市》是我的首部科幻小说，之所以敢尝试，与自身的学历背景相关。本科我的专业是应用化学，硕士是材料物理与化学，师从理论物理学家彭景翠教授。

为了保持科学的严谨性，创作之初，我确实查阅了一些 AI 领域的前沿资料和新闻。但为了保持文学创作的独立性，动笔后，除了偶尔确认专业术语使用正确，没有再求助互联网。

机器人超市的主角是机器人，人类主人"马丁"还被我塑造成大反派。整个故事由始至终，机器人与人类都站在对立面，并最终决一死战！

我并非憎恶同类，而是一以贯之我所有作品的主旋律，无论谁拥有正义、勇气与坚持，都将长存天地之间。

最后要说的，必然是感谢。除了扉页提及的三位老师，彭景翠教授、张大方教授及胡郁博士，我要特别郑重地感谢中国民主法制出版社刘海涛社长。刘社长是我写作之路上最重要的引路人，没有他的真诚鼓励和悉心指导，就没有我的每一部作品问世。

同时要真诚感谢统筹安排出版工作的乔先彪副社长，指导编辑工作的社科分社负责人梁惠老师，责编程王刚老师，编辑胡明老师，特约编辑王玉怀老师，以及出版社校对、宣发等幕后老师。

当然，还有一直陪伴我成长的经纪人、梦想合伙人及闺蜜董晓小姐，我最爱的家人和广大书友，感谢你们！

汪洁洋

2019 年 7 月 12 日

于长沙马栏山